너무 보고플 땐 눈이 온다

너무 보고플 땐 눈이 온다

고명재 산문

ㄴㄴ〉〈ㄷㄴ

명도의 차이는 있으나

색상色相과 순도純度가 없는,


있지만 없고 없지만 있는,

비존재非存在의

있고 없음 사이에서 존재하는,

한때 나를 키워준 비구니에게……

색색마다 거두는 게

사랑이라

1

팔월의 한여름, 계속해서 기억한다. 어떤 기억은 발밑의 자갈, 하늘의 색채, 그날의 나뭇잎까지도 머리에 남는데 그게 의지에 의한 것인지 순전히 사랑 때문인지 나로서는 알 길이 없다. 그저 기억한다. 그날의 마디마디를. 이상하게도 그날은 전화를 받아야 할 것 같았고 홀린 듯 도서관 밖으로 나왔다. 바람은 청명했고 나무들은 부풀어 있었다. 사람들이 그늘 밑에서 반짝거렸다. 그렇게 그날 거대한 벚나무 아래에 선 채로 나는 사랑했던 사람의 부고를 듣는다.

생각지도 못한 것이 달려왔을 때.
이미 벌어진 일이 벌어졌다고 귀에 담길 때.

세상은 푸르고 잎은 환하고 황망한 채로 여름의 한가운데에 서 있었다. 아마 그랬던가. 도서관으로 돌아갈 수 없어서 더듬더듬 벽을 짚고 차로 갔던가. 정신없이 캠퍼스를 몇 바퀴 돌다가 아무도 없는 숲 앞에 주차했다. 핸들을 쥐고 엉엉 울었다. 정말 말 그대로 엉엉 어린 아가들처럼. 이런 법이 어디 있어요. 어떻게 이래요. 무슨 말을 하는지도 모른 채 어떻게 해요. 어떻게 해요. 사랑하는데 어떡해요. 혼자서 중얼거렸다.

대체로 스님들은 기약하거나, 함부로 약속하지 않는다. 대신 스님들은 말없이 사랑하고 말없이 죽는다. 불가에서 사랑은 그렇게 기척 없다. 쑥을 캐거나 좌복을 펼치듯 단정하게, 고양이 머리를 쓰다듬듯이. 사랑을 사랑 자체로 발휘하는 것. 그리고 그들은 미련도 없이 사라져버린다. 고요히 사랑을 주다 떠나는 것이다. 그렇게 붙잡지 않고 우리는 사랑을 해냈다. 엄청난 고통과 불치병을 몸에 달고도 수십 년 사랑이 사랑을 발휘했다. 그렇게 젊은 비구니가 나를 키웠다.

작은 차 안에서 아이처럼 울던 그날, 당신이 곁에 앉아 있었던 것 같다. 가끔 그랬듯 내 손등을 슬쩍 덮었을 수도. 어릴 때도 그랬지. 나는 내 슬픔만 보느라 나를 감싼 주변의 사랑을 보지 못했

지. 그렇게 한참 눈물 콧물을 닦으며 앞 유리를 슬그머니 건너봤
을 때

숲이 일렁거렸다.
선명하게

세상이
무채無彩로 펼쳐지고 있었다.


2

이 글은 순전히 사랑하는 사람을 보내고 너무너무 보고 싶어
서 썼던 글이다. 처음 김민정 시인을 만났던 날 그는 물끄러미 내
얼굴을 들여다보더니 갑자기 "명재씨는 무채색으로 글을 써보면
좋겠어요"라고 했다. 그때 사실 속으로 많이 놀랐다. 나는 비구
니들이 업어서 키운 아이였으니까. 매일매일 회색빛 승복을 보
면서 내 무릎은 팝콘처럼 부풀었으니까. 그때부터였다. 그 말이
귀한 씨앗이 되어 무채, 라는 말이 내 안에서 뿌리를 뻗었다. 결
국 무채로 쓰다보니, 글이 아니라 사랑의 곳간만 열려버렸다.

이 글은 무채라는 이상한 세계, 이를테면 수녀복과 승복의 회색, 살 아래를 파고드는 뢴트겐의 빛, 흰 뼈의 눈-시림, 할머니의 바늘 끝, 눈사람과 숯과 솥과 우유의 세계다. 영도零度의 세계를 상상하는 것(바르트). 일상 속에 가득한 중간中間의 얼굴. 사랑하는 중음신中陰身, 그리운 사람들, 사랑과 빵과 명랑과 뽀얀 밀가루 자루와 눈동자의 색채를 이루는 고요한 세계다.

가끔, 스님은 연락도 없이 과일을 한 박스씩 보내곤 했다. 뜬금없이 집 앞에 배가 주렁주렁 열릴 때 나는 아름다운 그 금빛을 모조리 기억하려다 그런 색채마저 거두는 게 사랑이라 고쳐 믿었다.

사랑은 화려한 광휘가 아니라 일상의 빼곡한 쌀알 위에 있다. 늘어난 속옷처럼 얼핏 보면 남루하지만 다시 보면 우아한 우리의 부피. 매일 산책하는 강변의 기나긴 길과 일렁대는 강물과 버드나무 줄기들. 이 글을 쓰는 동안 나는 그런 아름다운 걸 '무채'라고 퉁쳐서 불러보았다. 배앓이를 하듯 자꾸 보고 싶을 때 무채 무채 말하다보면 좀 나아졌다. 죽은 개들이, 인자했던 할머니 손끝이, 그렇게 건너온 저쪽, 너머의 존재와 말들이, 너무 귀하게 느껴져서 쥐고 싶었다. 그렇게 나는 오랫동안 사랑받았다. 언젠가는 이 사랑도 비울 것이다. 그때까진 용감하게 사랑을 줘야지. 그럼 지금부터 이야기를 해볼까. 색을 열고 색을 삼키고 색을 쥔 채로 나를 키운 사람들의 마음 이야기.

# 차
# 례

**5부 | 조끼는 뚫린 채로 사랑을 해낸다** … 217

## 1부

많이 깎을수록

곡물은 새하얘진다

## 가루약

찬장을 뒤지다가 오래된 유발과 유봉을 발견했다. '약절구'라고도 불리는 순백의 도자기. 그걸 보는 순간 어린 시절이 부채처럼 펼쳐져 엄마에게 불쑥 전화했다. 엄마 엄마, 찬장에 있던 약절구 기억해? 그게 뭐니? 새하얀 절구 말이야! 그게 뭔지 나는 전혀 모르겠는데? 답답했던 내가 곧장 막자를 들고 약절구의 바닥을 찧었다. 챙챙. 수화기 너머로 소리가 들리자 엄마가 목련처럼 웃었다. 어머 웬일이니! 그게 아직 있구나. 그걸로 네 약을 매일 빻았지! 알약을 먹이면 나는 전부 토하곤 했다. 엄마는 그때 약절구를 사서 알약을 빻기 시작했다. 눈보다 더 곱게 설탕보다 가볍게 처음엔 찧다가 막자를 돌리는 거야. 그럼 아주 고운 분말만 남아 있게 돼. 그걸 네 목구멍으로 흘려보냈지.

단단한 걸 부수기. 곱게 으깨기.
입에서 입으로 새끼를 기르는 새처럼.

어떤 대상을 미세하게 다룰 줄 안다면 그건 사랑도 섬세하게 할 줄 안다는 것이다. 그러니까 가루약은 섬세한 배려. 약절구는 그렇게 만들어졌다. 알약을 삼키지 못하는 사람들이 있었기 때문. 이를테면 아이들과 병든 노인들, 근육이 말을 듣지 않는 사람들, 그들을 위해 콩콩 약을 빻는 사람들. 백사장보다 고운 세계를 너에게 줄게. 더 작아지자. 미미微微해지자. 얼른 녹아서 몸속으로 잠 속으로 사해로 퍼지자.

최근에 아빠는 되찾은 약절구로 통후추를 빻기 시작했다. 사기沙器 부딪는 소리가 기분 좋게 울리면 아빠는 곱게 빻은 후추 가루를 엄마의 국 위에 솔솔 뿌려준다. 그 순간 아빠의 손끝은 세밀화 같다. 국을 떠먹는 엄마는 무심해 보인다. 그러나 그런 미시적인 장면 속에서 사랑과 시는 절로 문을 열고 나온다. 곱게 간 원두에서 향이 나듯이.

## 갈치

살이 너무 부드럽게 허물어져서 장례를 치르고 한동안은 먹지 못했다. 이걸 참 좋아하던 사람이 떠났다. 기다란 빛, 은백색의 아슬아슬한.

경상도에서는 갈치를 칼치라 한다.

## 검버섯

나이가 들수록 눈물이 많아진다고 하잖니. 흘린 눈물은 한 세월, 얼마나 많겠니. 그러니 살을 뚫고 나오는 거야. 습기 찬 거 어두운 거 그거 다 먹고 그래도 무언가 피울 힘이 있었던 거야. 늘그막에 애들 거두는 거, 그거 장난 아니다? 길러낸다는 거, 그거 정말 굉장한 힘이야. 그래서 나는 검버섯도 꽃이라고 봐. 그래서 우린 그걸 '–핀다'고 말하는 거야.

## 검은 닭

1

어슴푸레한 저녁에 길을 걷고 있었다. 깡마른 사람이 저벅저벅 다가와서는 다짜고짜 닭싸움에 돈을 걸라며 팔을 잡았다. "여기 이 닭, 이 검은 닭은 외래종인데 이 자식한테 돈을 걸어. 그러면 무조건 이겨." 나는 투계는 정말이지 끔찍하다고 동물이 피 흘리는 것은 보기 싫다고 무엇보다 내 손목을 잡은 그 사람의 손이 너무 끈적거려서 손을 좀 놓아달라고 애원했다. 남자는 아귀힘이 대단했다. 그는 나를 투계장 주변으로 끌고 가서는 목덜미를 붙들고 강요했다. "검은 닭이야, 이건 백 프로란 말이야! 걸어야 해! 걸어야 해! 걸어야 한단 말이야!" 눈이 빨갰다. 제정신이 아닌 것 같았다. 두려웠고 습했고 어지러웠다. 돈을 주고 얼른 도망가야겠다는 생각을 했다. 그는 턱에 닿을 듯 얼굴을 들이밀더니 낚아채듯 내 손에서 돈을 빼갔다. 남자는 맨발로 황톳길을 달려갔다. 야자나무 사이에 더러운 주점이 있었다. 그는 주점으로 황급히

들어가서 구겨진 돈 전부를 검은 닭에 걸었다. 잠시 뒤 검은 닭이 이겼다는 소리가 들렸다. 엄청난 돈을 건지게 되었다는 소식. 사람들은 환호했고 투계장이 북적거렸다. 나는 기쁘지도 슬프지도 않은 상태로 멍하게 찢어질 듯 흔들리는 야자나무를 봤다.


2

깊은 꿈에서 깨어날 땐 귀를 만진다. 귀가 젖어 있거나 부드럽게 풀어져 있다면 꿈의 수심이 꽤나 깊다는 뜻이다. 심장이 뛰고 불쾌감이 몸을 감쌌다. 눈코입이 점토처럼 엉긴 것 같았다. 암막을 친 방은 고요했다. 그대로 앉아 있었다. 손목에 그 남자의 손자국이 찍힌 것 같았다. 검은 닭의 이미지가 계속 떠올랐다. 이제 꿈을 흩뿌리자 일어나서 하루를 살자. 나는 심장 소리가 작아질 때까지 기다렸다가 천천히 일어나서 암막을 걷었다. 햇볕을 쬐며 차곡차곡 몸에 빛을 채우고 물을 마시고 책을 챙겨 학교에 갔다. 그렇게 열람실에서 책을 읽고 산책하고 물을 자주 마시고 시를 쓰려다 실패해서 돌아오는 게 나의 일상이다. 집으로 돌아오는 길에 어머니 가게에 전화를 했다. '검은 닭 이야기'가 생각났다. 어머니는 가만히 꿈 얘기를 듣더니, "어머 얘! 너 뭐하고 있니! 네가 외래종이잖아! 오는 길에 절에라도 들러서 오만 원 넣고 와"라고 했다. 나는 절에 들러서 오만 원을 불전함에 넣었다. 며칠 뒤 동짓날 저녁 도서관에서 책을 읽다가 신춘문예 당선 전화를 받았다.


3

어머니의 해몽은 이러하다; 평소에 검은 코트를 즐겨 입고 검은 구두만 신고 커피와 초콜릿을 매일 먹고 밤에 산책하는 것을 좋아하고 최근에는 검은 목도리만 매고 다녔으니까 네가 바로 검은 닭이다. 게다가 밀크티를 좋아하고 파이와 케이크, 스튜에 환장하고 매일 해외문학에 빠져서 허우적거리니 전생에 너는 서양인이었을 거라는 게 어머니의 평상시 추측이었다. 더 구체적으로는 산업혁명 이후에 석탄 매연을 마시며(기관지가 약하다), 착취당하며 살았던 영국인(아델을 엄청 좋아했다) 노동자였을 거라는 게 집안 내의 가설이다. 그러니 너는 외래종, 검은 닭이다. 꿈도 참 신기하다. 어떻게 그런 꿈을 꾸냐. 그런데 왜 하필 닭이 꿈에 나왔을까요. 닭이나 투계 생각은 한 번도 한 적이 없는데요. 닭은 새로운 아침을 알리는 동물이잖니. 그러니 당연히 닭 꿈을 꿔야 새 삶이 열리지. 듣고 보니 그렇네요. 재미있어요! 그런데 어머니, 저는 왜 영어를 못하는 걸까요.

4

당선 전화를 받고 손이 떨렸다. 아주 오래전부터 꿈꾸던 장면이 있었다. 당선 소식을 들으면 그 누구에게도 알리지 않고 곧바로 꽃을 사서 어머니 아버지에게로 가야지. 읽던 책을 그대로 덮고 꽃집에 갔다. 학교 앞 꽃집은 한산했다. 가장 채도가 밝은 프리지아를 한아름 고르고 어머니 가게로 갔다. 가는 길이 만 리는 되는 것 같았다. 들고 있는 꽃이 생생하게 살아 있어서 손등에 닿을 때마다 물방울처럼 차가웠다. 버스 정류장 너머로 반찬 가게가 보였다. 가게 가까이에 다가서자 팥죽을 쑤고 있는 어머니의 등이 보였다. 동짓날이 가까워지고 있었다. 가게 안은 훈기로 가득했다. 엄마는 몸보다 큰 솥에 주걱을 넣고 조용히 부드럽게 젓고 있었다. 그 동글동글한 뒷모습을 보고 있는 내 눈이 동글동글해졌다. 가난한 엄마가 동짓날 팥죽을 쑨다. 나는 저 사람이 얼마나 밝은 사람인지 안다. 나는 저 사람이 얼마나 천진하게 인사하는지, 얼마나 맑게 살려고 노력했는지 안다. 아마 저 사람은 오늘 아침 팥에게 인사했겠지. 모든 재료에게 환하게 웃으며 안부를 묻는 사람. 환대하는 사람. 많이많이 아팠던 사람. 그럼에도 채도를 잃지 않았던 사람. 나는 저 여자가 얼마나 많은 걸 포기했는지 가늠도 못한 채 나에게 준 사랑의 깊이만 안다. 이제야 이렇게 좋은 소식을 전할 수 있네. 가게 문을 열자 고소한 팥 냄새가 코를 채웠다. "엄마 나, 당선됐어!"라고 말하자 동그란 사람이 멈춰 선 채 나를 쳐다보았다. 동그란 눈으로 꽃과 나를 번갈아 보면서.

5

나는 재능이 지독하게 없는 사람이었다. 왜 그런 사람 있잖아요. 재능은 없는데 열정이 앞서서 주변을 곤란하게 만드는 사람. 어렸을 땐 정말 '좋은 시'를 쓰고 싶었다. 아니 무엇보다도 '나'라는 사람을 화려하게 드러내고 싶었다. 하지만 십 년이란 세월 동안 참 미심쩍었다. 우체국이 일을 제대로 하기는 하는지 내 등기 우편만 어디서 새고 있는 건 아닌지 글자 포인트를 잘못 쓴 건지 행간이 별로였는지 봉투에 글씨가 별로라서(심한 악필이다) 제외된 건 아닌지. 정작 시와 나의 재능에 대해서는 의심하지 않았다. 누군가에게는 지나친 자의식과 자기 연민을 빼는 것에도 꽤나 긴 시간이 필요한 법이다. 아주 느리게 나는 '나'를 버리기 시작했다. 내 시가 별로라는 것, 내가 재능 없는 사람이라는 것, 그걸 인정하는 데 생각보다 많은 시간이 걸렸다.

6

그렇게 천천히 '나'라는 사람이 그리 대단하지 않다는 걸 받아들이게 되었을 때 그 대신 내가 사랑할 수 있는 '남'이 참 많다는 걸 알 수 있었다. 나는 별게 아니다, 나의 시도 별게 아니다, 하지만 나도 용감하게 사랑할 수가 있다. 세상에는 정말이지 아름다운 시와 소설이 많았고 또한 아름답게 살기 위해 노력하는 사람들이 가득했다. 그런 그들을 응원하고 좋아하고 사랑하다보니 시 쓰는 일도 더욱 행복해졌다. 매일 밑줄을 긋고 어떤 책에는 입술을 대었고 어떤 책에는 이마를 기대며 끝나지 말라고 말했다. 틈틈이 시를 쓰면서 이런 질문을 스스로에게 했다.

너는 평생 아무도 보지 않을 시를 쓸 거야. 홀로 그냥 쓰다가 사라질 거야.
너는 남의 글만 읽다가 지워질 거야. 흔적도 없이. 아무도 모르게. 그래도 괜찮니.

응. 괜찮아.
이제는 괜찮아. 정말 괜찮아.

이렇게 대답을 할 수 있게 되었을 때 이상하게도 시에 대한 사랑이 폭발하기 시작했다. 그게 어떤 차이를 지닌 건진 알 수 없지만 '나'라는 걸 버리고 나니 모든 게 시원해졌다. 그 빈자리에 타자들이 찾아왔다. 아픈 사람들의 눈이 자주 보였고 나를 둘러싼 사랑의 둘레가 보이기 시작했다. 어떤 소설을 읽을 땐 종일 울었다. 어떤 시 때문엔 하루를 통으로 날렸다. 어떤 날은 어느 철학자의 글을 읽다가 그가 정말 글쓰기를 사랑하는 것 같다고, 그런 그를 나도 정말 좋아한다고 되뇌게 되었다. 그렇게 좋아하는 것들이 고리를 이뤘다. 나는 다른 사람들의 이야기에 매혹되었고 매일 입을 벌렸고 사랑한다고 말하고 또 말했고 책 귀퉁이를 접다가 마음이 아득해졌다.

7

'충분하다Wystarczy'

비스와바 쉼보르스카의 유고 시집 제목이다. 그가 죽기 전에 정해둔 표제명이라고 한다. 어떤 삶을 살아야 우리는 죽음을 목전에 두고 '충분하다'라고 말할 수 있을까. 나는 시인이 남겨둔 이 따스한 시집의 이름이 자기 삶에 대한 '자부와 만족으로서의 충분함'이 아니라고 생각한다. 오히려 이 '충분함'은 자신이 살면서 우연히 스치고 만난 것들에 대한 '헌사로서의 충분함'일 것이다. 나의 자족적인 충족감을 넘어서는 것, 빈자리에 기꺼이 타자들을 들여오는 것, 바로 그 만남에서 인간은 충만한 사랑을 얻고 그 사랑에 힘입어 팥죽을 쑬 수 있을 것이다. 어쩌면 그건 참 쉽지 않은 일이지만 그렇게 살려고 노력하는 자만이 죽음을 앞두고 '충분했어'라고 말할 수 있지 않을까.

나는 쉼보르스카처럼 위대한 사람은 아니지만 그가 만난 타자에 대한 사랑에 접속할 수 있다. 책과 글쓰기를 통해서.

내가 꾼 꿈은 비록 투계에 관한 것이지만 나는 문학이 투계장에서 피를 흘리며 자신의 탁월함을 전시하는 자리가 아니라고 믿는다.

사실 닭들은 승패에는 관심이 없다. 우리를 탈출하거나 알을 품을 장소에 대해 골몰할 때 그들은 더 많은 사랑을 발휘할 수 있을 것이다.

우리는 왜 글을 쓰는가. 아직 난 잘 모르겠다. 다만 이때의 주어가 '우리'라는 것은 마음에 든다.

나는 탁월한 글쓰기의 섬광보다는 무언가를 좋아하는 사람의 눈빛을 더 좋아한다.

나는 빼어난 하나의 작품, 작가보다는 강물처럼 계속되는 도서관이 좋다.

8

잘할 수 있을지는 모르겠지만 열심히 할 거다. 내가 좋아하는 것들이 싸늘해지지 않도록.

하고 싶은 일들을 써본다.
좋아하는 사람들과 좋아하는 것들을 오래도록 함께 좋아하기 위해서.

어깨를 조용히 주물러주기. 좋아하는 사람들과 와인 마시기. 조끼를 입기. 사랑하는 사람들을 생각하며 콩떡을 먹기. 눈 내리는 걸 나란히 앉아서 보기. 아픈 자리를 꾹꾹 누르며 귓속말하기. 애도하기. 중얼거리기. 같이 슬퍼하기. 국화빵 한 봉지를 사서 집으로 가기. 해몽을 핑계로 오래도록 거실에 앉아서 엄마와 시간을 물렁하게 만들기.

## 구순암

한때 나를 키워준 비구니와 시장을 걸었다. 손을 잡고 회색 승복을 쳐다보면서 청과시장을 사뿐하게 돌아다녔다. 이번 재齋에는 좋은 과일을 올려야겠어요. 아주 깐깐하고 정한 분이 가셨거든요. 기장 미역을 사서 한가득 대접해야겠어요. 근처에 계시는 노숙인들도 다 드실 수 있게 아주 좋은 미역과 표고로 끓여야겠어요.

소리 없이 정하게 걷는 사람.
몸이 훼손된 채로 용감하게 아름다운 사람.

그 사람 손을 잡고 청과시장을 걸었다. 포도 향기가 콧구멍을 들추고 복숭아가 보일 때 갑자기 가슴이 쿵쿵 뛰는 걸 느꼈다. 그것이 나의 최초의 자각. 사람의 몸속엔 향기에 따라 널뛰는 리듬-주머니가 있구나. 그게 심장이고 박동이란 걸 알지 못한 채 어린 나는 한 손으론 작은 심장을, 다른 한 손으론 앙상한 스님의 손을 잡았다.

그러다 문득 한 가게 앞에 멈춰 섰다. 과일 좌판에는 찡그린 남자가 앉아 있었다. 그는 무심한 표정으로 앉아 있다가 비구니가 다가오자 짜증을 냈다. 저 어른은 왜 저렇게 불친절할까. 그런 생각을 하며 그의 얼굴을 쳐다봤는데 한눈에 봐도 그는 심하게 안 좋아보였다. 입술 위에 일그러진 무언가가 있었다. 그걸 구순암이라고 부른다는 걸 그땐 몰랐고 어린 나는 무서워서 과일만 봤다. 그는 공격적인 태도로 스님을 대했다. 그런데도 스님은 기어코 그 가게에서 과일을 사겠다는 거였다. 이런저런 과일을 고르고 계산을 마칠 즈음 스님은 남자를 지그시 보더니 아주 작은 목소리로 이렇게 말했다.

저기요. 거기, 아픈 입술 그거요.
네? 이거요?
네. 거기 많이 불편하고 아프신가요.
아 이거 암입니다. 구순암요. 떼어내고 싶은데 잘못되면 제가 위험해져서 우선 이따위로 버티고 있어요.

저기요. 아픈 입술, 거기요.

네. 뭐요.

그것도 나예요. 그것도 소중한 당신이니까. 매일 손끝으로 만지며 사랑한다고 마음 주세요.


남자의 얼굴이 순간 조용해졌다. 얼굴에서 새 같은 게 빠져나갔다. 그는 말없이 과일 봉지를 꽉꽉 묶더니 스님에게 하나씩 건네주었다. 그가 마지막으로 능금을 쥐여줬을 때 나는 그가 울고 있다는 걸 알아차렸다. 어른도 우는구나. 어른도 두렵고 슬픈 거구나. '자기 자신'이란 건 원래 밉고 아픈 거구나. 어린 나는 그를 보고 눈물이 찼는데 바로 그때 스님이 그의 손목을 잡았다. 암세포도 나예요. 그것도 나니까. 남자가 고개를 끄덕거렸다. 그렇게 과일 향기 속에서 손을 잡은 채 세 사람이 나란히 고요해졌다.

## 기도

　나는 성당에 가든 절에 가든 손부터 모은다. 가만히 손을 모은 채 눈을 감고 있으면 자연스레 마음도 따라서 모인다. 손을 모은 다는 것, 그 진중함. 고요한 절실함. 테레사 수녀의 손을 본다. 비구니의 손등을 관절염으로 돌아간 아빠의 손등을 본다. 최소의 어둠. 최소의 침묵. 최소의 사원. 기도할 때 손을 모으는 인간의 몸짓은 어쩌면 최초의 건축적 형태가 아닌지.

　쨍한 가을, 아빠의 심장이 뒤집혔다. 가슴속에서 말이 한 마리 뛰는 것 같다고 했다. 나는 차를 몰고 아빠를 태운 뒤 응급실을 향해 정말이지 날아갈듯 그대로 달렸다. 응급실에 창백한 아빠를 누인 채 가슴 위에 모아둔 아빠의 손을 보았다. 두 손을 모은다는 것, 손을 모은다는 것, 손 모은다는 것, 이것은 심폐소생술을 시작하는 방법. 새와 새를 포개듯 날개를 겹치고 죽어가는 심장을 꾹꾹 누른다는 것. 심전도를 재고 아빠는 가만히 누워서 이제 좀 괜찮아진 것 같다고 말했다. 얼른 가게로 돌아가야겠다고 했다. 그때 나는 밖에 나가서 잠시 울었다.

아빠를 데리고 응급실 밖으로 나왔을 때 대학병원 맞은편의 교회가 보였다. 부축을 받던 아빠가 갑자기 말했다. 생각난다, 명재 너 아주 어릴 때 이 병원에서 수술을 받았던 때가 있어. 아주 작은 내 아이, 나의 첫 아이. 너를 수술실에 그대로 맡겨야 했을 때 그때 내가 고작해야 서른이었나. 어쩔 줄 몰라서 마음은 끓고 정말 어쩔 줄 몰라서 응급실을 뛰쳐나와 교회로 왔어. 정말 무작정으로 신도 부처도 아무것도 모른 채 무릎 꿇고 한참을 울면서 빌었어. 기도하는 법도 순서도 기도문도 모른 채 두 손을 모으고 곧장 빌었어. 그후로 삼십 년, 세월은 순식간에 흘러 아빠랑 나란히 그 교회 앞을 걸었어. 참 신기하네. 이번엔 내가 아빠를 데리고 왔어. 기도했어. 손 모은 채 중얼거렸어. 기도문은 대부분 반복으로 이루어져 있다. 푸가도 시도 사랑도 모두 반복의 아이다.

절은 왜 고요한가.

그건 법당에 향과 초와 마음이 있기 때문이다.

절은 왜 고요한가.

그건 초를 켜고서 그을린 채로 합장하는 사람들이 있기 때문
이다.

절은 왜 고요한가.

그건 불경 소리가 아카시아 이파리처럼 흔하기 때문이다.

절은 왜 고요한가.

그건 모든 걸 버리고 승복을 입은 사람들이 있기 때문이다.

절은 왜 고요한가.

그건 문이 없어서.

절은 왜 고요한가.

그건 풍경이 있어서.

절은 왜 고요한가.

그건 정신 때문에. 죽비를 들고 시간을 쩍, 가르곤 했다. 그 소
리에 눈이 떨어지기도 했다.

절은 왜 고요한가.

그건 없기 때문에. 나를 키우고 용감하게 떠난 사람들.

절은 왜 고요한가.

그건 있었기 때문. 눈 내리면 기와에 흰빛이 쌓였다. 검은 것
위에 흰 것. 흰 것 아래에 검은 것.


봄이 오면 눈 녹은 물이 줄줄 흘렀다.

개들이 그걸 마시고 산길을 달렸다.


기와 사이로

민들레가 피기도 했다.

## 김밥

존재들의 봉오리. 그렇게 보였다. 다섯 살짜리 동생의 손을 말
아쥐고서 엄마 가게에 간신히 도착했을 때 밤은 깊었고 동생은
칭얼거렸고 엄마는 김밥을 말고 있었다. 그 분식집은 우리집 첫
가게였다. 최초란 건 그렇다. 처음이니까. 김밥, 하면 손을 썬 기
억만 난다고 삼십 년이 지난 후 엄마는 말했다. 그러나 정말이지
그때는 아름다웠다. 온갖 것들이 흑백에 안겨 있는 게, 삶과 죽음
사이의 우리 같았다. 산 것들이 소용돌이치고 있었다. 그땐 그랬
다. 오동통한 김밥도 젊은 엄마도 건드리면 그대로 필 것 같아서
엄마 사랑해, 그 말을 하지 못하고 옆구리를 손끝으로 찌르곤 했
다. 그럼 엄마가 우리를 보고 활짝 웃었다.

꿈

  아주 흰 개 꿈을 꿨습니다, 로 시작되는 시를 쓴 적이 있다. 그
때 나는 뼛속까지 단정해져서 내가 꾼 꿈을 그대로 받아썼는데
그날 나는 사랑하는 친구에게도 꿈의 내용을 쪽지로 써서 보냈
다. "끝없는 눈밭을 개 한 마리가 달리고 있었어요. 온힘을 다해
혀를 빼물고 눈을 뚫고서. 김이 모락모락 나는 몸을 한껏 밝혀서
그 개는 사랑하는 사람을 만나러 달리고 있었어요." 다음날 친구
에게서 답장이 왔다. 얼마 전 자신이 기르던 아이가 떠났다고. 흰
아이였다고. 나이가 많아 눈도 잘 안 보여서 이동할 때 자주 부딪
히곤 했다고. 친구는 '그 꿈을 대신 꿔준 건 아닐까요' 하고 내게
상냥하게 말해주었다. 나는 그 말을 그대로 믿었다. 내 꿈을 거
쳐 그 개는 친구에게로 갔던 거구나. 나는 가슴이 한껏 밝아졌는
데 그건 행복한 사실이 하나 떠올라서였다. 내게로 찾아온 그 개
가 꿈속에서는 어디에도 부딪히지 않고 달렸다는 것. 지금도 가
끔 사박사박 소리가 들린다. 지금도 친구는 지극히 사랑하고 있

겠지. 그러니 그 시는 내 시가 아니라 내 친구의 시. 아니, 내 친구의 개가 찍은 눈 위의 발자국. 사랑의 무늬. 완충의 문양. 존재의 무게감. 이 꿈과 저 꿈을 번갈아 뛰는 사랑의 몸통. 눈 위에 찍히는 모든 문양이 '존재의 시'라고.

## 눈

　존재와 소멸을 동시에 보여주는 놀라운 물질. 코끝에 톡, 떨어지면 눈이 번쩍 떠진다. 매우 선명하게 닿고 녹아 없어지기에 (특히 첫눈을 맞으면) 영혼이 활짝 열리는 기분이 든다. 자각할 땐 이미 물로 화해 있다. 분명 손바닥에 닿았는데 녹아버렸어. 이렇게 눈은 사라지면서 존재하기에 물질이라기보다는 '상태'에 가깝다.

　사랑하는 상태.
　손을 깍지 낀 상태.

　목이 마른 상태.
　배추를 절여둔 상태.

　버무리지 못하고 실려왔다고 누워서 한숨을 푹푹 쉬었다. 나이가 들수록 피부는 왜 얇아지는 걸까. 지나치게 손등이 투명했는데. 얼른 나아서 군밤이나 실컷 까먹자. 살아 있는 상태. 아주 간절했었던, 우리가 눈을 마주하던 상태. 결국 혼자서 군밤을 삼켜야 했다. 새까만 껍질 속의 노랑을 보면서. 숟가락을 쥔 채로 파지도 못하고 눈 내리는 창밖을 바라보면서. 사람의 성분은 뭘까. 왜 빛이 났을까. 어쩌면 사람도 아주 더디게 녹고 있는 눈송이가 아니었는지.

## 눈보라

스무 살 겨울, 아주 심한 눈보라가 치던 날 버스 맨 뒷좌석에 혼자 앉았다. 투명한 창으로 바깥 풍경을 보고 있는데 갑자기 눈보라가 걷히더니 엄청난 광량의 빛이 쏟아져내렸다. 그때 창밖 풍경이 너무 아름다워서 창문을 반쯤 열려고 했다. 그 순간, 유리창이 박살났다. 금이 가는 정도가 아니라 가루가 되어서 통째로 바스러졌다. 유리 알갱이가 온몸으로 차르륵 쏟아졌고 내 손에는 손잡이만 덜렁 남았다. 기사님이 무슨 짓을 했느냐고 소리를 질렀고 그는 내 전화번호를 적어갔다. 그날 나는 창 없는 버스 뒷좌석에 앉아서 눈보라가 그친 세상을 멍하니 보았다. 이후에 따로 연락은 오지 않았다. 친구들은 이 일을 믿어주지 않았다. 창문이 왜? 아무런 충격도 없이? 온몸에 유리를 덮어썼다고? 그나저나 버스를 그대로 운행했다고? 시집에 대한 반응도 이런 식이다. 시집을 다 읽고 이거 정말 아름답다고, 마음이 통째로 부서진다고, 아무리 말해도 친구들은 고개를 젓는다. 다른 건 다 넙죽넙죽

믿어주면서.

**눈사람**


　그리하여, 언제든 사라져버릴 사람을 우리는 이렇게 부르기로
했다.

**능陵**

  내 무지개 속엔 개가 있고 엄마가 있고

  언덕이 있고 복수腹水가 차고 무덤을 그리고

  내 그리움 속엔 왕릉만한 비탈이 있어서

  정수리 너머로 봉분을 힘껏 끌어안을 때

  심장을 그리는 법을 알 것 같은데

— 졸시 「자유형」 중에서

  어떤 시에서 "왕릉만한 비탈"이라는 표현을 저도 모르게 썼던 기억이 납니다. 아주 절실한 마음으로 쓰기는 썼는데 써두고도 이 표현이 어디서 왔는지 왜 썼는지 알 길이 없었습니다. 해설을 써준 참으로 아름다운 시인이 이 시의 '기울기'를 말씀해주서서 혼자 오래 다시 생각해봤습니다. 왜 기울기를 생각했을까요. 왜 왕릉만한 거대한 비탈이 내 안에서 갑자기 튀어나오게 된 걸까요. 그러던 어느 날, 모든 것이 돌아왔어요. 사랑의 조끼를 껴입은 그대로 입김을 뱉으며 저는 되찾았습니다. 능 같은 사랑이 떠올랐어요.

엄마와 아빠와 동생이 경주로 떠났을 때입니다. 저는 어쩔 수 없이 할머니에게 맡겨졌는데요 가을쯤이었나요, 초겨울 혹은 십일월이었나요. 어느 저녁, 엄마랑 아빠는 어린 동생을 데리고 야반도주하듯 떠나야 했습니다. 그때 저는 할머니 집 앞에서 손을 흔들었어요. 씩씩하게 나 괜찮아 활짝 웃으며. '언젠가는 꼭 다시 같이 살자.' 그렇게 말하고 힘껏 저는 돌아섰어요. 생각해보면 참으로 이상한 말이었습니다. '언젠가-꼭-다시-같이'로 연결되는 말. 부사로만 빼곡하게 이어진 말.

부사는 부연하는 말에 불과하다고 말하곤 하죠. 하지만 그렇게 부차적인 말이나 부수적인 표현이 누군가에겐 목숨만큼 얻기 어려운 것이기도 해요. (그래서 저는 문장을 쓸 때 부사를 빼라는 문장가 선생님들의 이야기를 귀기울여 듣지 않아요. 인생은 '너무'와 '정말' 사이에서 춤추는 일이니까요. 우리는 부차적인 것들 때문에 울고 웃으니까요.) 그렇게 돌아서서 얼마나 펑펑 울었는지. 그런 나를 보고 할머니가 슬퍼할까봐 동네 공터에 있는 철봉에 눈두덩을 대고 한참 열을 식히고 돌아갔던 기억이 납니다.

하지만 그 덕에 귀한 기억을 얻게 되었죠. 죽음에 가까운 노부부인 할아버지와 할머니, 그들의 느린 이미지를 바라보면서 저는 시라는 이상한 리듬을 배웠습니다. 이를테면 저에게 시란 인공관절 같은 것. 안에서 빛나며 느리게 계속 펼쳐지는 것. 돕는 것. 삶을 무릎을 슬하膝下를 사랑과 걸음을 무지개처럼 일으켜 접고 걷게 하는 것. 경첩처럼 책처럼 자꾸 펼쳐지는 것. 양팔을 벌려 미끄러지듯 사랑을 안는 것. 그래서 제게 시란,

'이 사람이 존재했었다'
그 빛나는 사실을 드러내는 능인지도 몰라요.

다시, 한겨울 경주로 갔던 시절입니다. 더 견딜 수 없을 만큼 보고 싶을 때 가족을 만나러 고속버스를 타고 갔었습니다. 보들보들한 동생이 마중을 나왔는데 어느 강가로 저를 조용히 데리고 가더니 여기서 갈대를 꺾으며 혼자 논다고 했습니다. 물론 '혼자 놀다'를 '혼자 울다'로 알아들었습니다. 동생의 머리를 잠시 쓰다듬었습니다. 동생이 제 손목을 잡았습니다. 눈 쌓인 언덕으로

저를 끌고 갔습니다. 형아, 여기서는 경주가 전부 보이고 큰 나무도 보이고 산도 다 보여. 형아, 가끔씩 난 여기 선 채로 형아도 보인다고 생각해.

　　그곳이 능인 줄 우리는 알지 못한 채
　　거대한 무지개 위에 서 있었고요.


　　사실 그때 왕릉 위에 동생과 섰을 때 저는 잠시 시간 너머를 본 것 같아요. 눈 쌓인 언덕을, 식혜를, 항암과 병원과 포옹을. 내 사랑의 여왕, 엄마, 할머니들을. 한때 나를 키워준 맑은 스님과 부처를, 사랑했던 사람을, 미래와 아빠를 마주하고 돌아보니 눈 쌓인 비탈에 동생이 해맑게 웃고 있었습니다. 동생이 제 손을 감싸 쥐더니 아주 낡은 건물로 데려갔어요. 구불구불한 통로를 지나 문을 여니까 가난한 엄마가 찌개를 끓이며 나를 봤지요.

　　살아 있다는 사실 자체가 흠뻑 기뻐서
　　우리는 서로를 꼭 끌어안고요.


　　사랑이 뭘까요. 시가 뭘까요. 죽음은 뭘까요. 이런 질문들은

'여름이 왜 오는지' 묻거나 '겨울 전나무가 왜 아름다운지' 묻는 것과 비슷합니다. 여기에는 답이 없고 반복만 있어요. 그러나 이 반복은 집요해서 아름다워요. 묻고 또 묻고 되묻고 묻고 다시 또 묻고 그렇게 묻다보니 거대한 능과 총이 서겠죠. 저는 지금 다시 되묻습니다. 사랑이 뭘까요. 시가 뭘까요. 당신은 뭐예요. 내 안에 왜 이리 밝은 것들이 가득한가요.

죽음을 뚫고 세계를 싸안아 가슴에 넣는 것.
용감하게 둔덕을 굴리며 살아가는 것.

나를 키운 사람들이 있으니까요. 가슴에 머리에 손톱에 혈관에 눈빛에 사방에 지금 이 순간에 불어오는 바람 속에 토실토실한 빵 속에 당신이 있어요. 그렇게 우리는 눈부신 연관 속에 있어요. 눈 감으면 언제든 안을 수 있어요. 그러니 보고플 땐 눈 감아요. 눈을 감은 채 절실하게 봄여름가을겨울을 불러요. 저는 그렇게 지금까지 시를 썼어요. 눈비 맞으며, 사랑의 함박눈을 맞으며. 뭐가 올지 전혀 예상하지 못한 채 여기까지가 제가 걸어온 시절입니다. 단 한 번도 홀로 걷지 않았습니다.

## 능이버섯

가끔 나는 능이버섯을 쳐다보다가 폭설처럼 울 때가 있다. 말린 능이든 갓 딴 능이든 상관이 없다. 검정과 흰빛이 골고루 섞인 능이버섯은, 능이로서 세상에 있을 뿐인데.

너는 능히 할 거야.
선하게 클 거야.
너는 오래 아름다움을 말하게 될 거야.

한때 나를 키우던 비구니가 어느 여름날, 땀에 젖은 앞머리를 쓸어주며 이렇게 말했다. 그리고 수십 년 시간이 흘러 어느 겨울날, 나는 정말 시인이 되어버렸다. 나는 그가 살던 사찰에 가서 불상 앞에 엎드려 엉엉 울었다. 스님 나 시인 됐어요. 선하게 쓸게요. 서늘한 대웅전 바닥에 이마를 대면서. 아주 오래 아름다움을 말하는 사람이 될게요. 능선처럼 강물처럼 그렇게 쓸게요. 그후로 나는 '가능성'이나 '능선' 같은 말만 보아도 갑자기 멈춰 서는 첫눈이 된다. 그 이유는 생각보다 단순하다. 능, 하면 승僧과 등이 자꾸 생각나. 능소화처럼 힘차게 살던 여름의 우리. 나를 키워낸 비구니의 이름은 혜능이었다.

## 더위사냥

  우리 할머니가 가장 좋아하는 빙과는 흙빛이 도는 더위사냥이었다. 이걸 얼마나 좋아했는지 초여름이면 벌써부터 냉동실에 넣어둘 생각에 자기도 모르게 자꾸 흐뭇해진다는 거였다. 그때 나는 재봉틀 옆에 앉아서 할머니 숨소리, 실을 툭툭 뜯어내는 소리, 초크로 면 위에 선을 긋는 소리를 들으며 알 수 없는 평안을 느끼곤 했는데 한낮이면 할머니는 자리에서 일어나 더위사냥을 뚝 반으로 부러뜨렸다. 그러곤 말없이 곁에 와서 내 작은 손안에 반쪽을 쥐여주었다. 나란히 앉아서 사각사각 베어 먹는 소리. 달콤한 빙과로 입술은 끈적거리고. 옥수수보다 이게 낫지? 할머니는 물었고 내가 대답 없이 마주보고 실쭉 웃으면 다음날은 어김없이 옥수수를 삶아주었다. 여름은 그렇게 언제든 반으로 무언가를 잘라서 사랑과 나누어 먹는 행복의 계절. 간혹 나는 그 순간이 너무 좋아서 할머니 몰래 속으로 기도를 하고는 했다. 내 수명을 뚝 잘라서 당신께 주세요. 그렇게라도 좀더 지금일 수 있다면,

조금만 더 느리게 녹지 않을 수 있다면, 우리가 지금 이대로의 우리일 수 있다면.

## 도라지

한때 나를 키워준 비구니는 사월이 되면 호미를 들고 단청 아래로 나아갔는데 쑥갓, 달래, 두릅, 냉이, 민들레 캐고 머위 뜯어 작은 손에 꽃처럼 쥔 채로 잠시 그냥 볕을 쬐다 돌아왔는데 그거 전부 아삭아삭 내가 먹어치웠는데 깡마른 몸으로 자기는 홀로 죽어가면서 고양이들 물그릇을 갈아줬는데.

새까만 흙 속에서 다리를 뻗은 것.
씻어내면 하나같이 뿌리는 희고.

그러니 캄캄할 땐 내 생각을 해도 된단다. 네 어둠 속의 육상을 내가 보고 있을게. 너무 보고플 땐 도라지를 씹어 삼킨다. 잘근잘근 향이 타고 쓴맛이 돌고. 그럼 겨울처럼 차갑다는 내 속도 데워져 수많은 기억의 다발이 꽃처럼 폈다. 뱃속에 뿌리내린 볕의 기억들.

## 도정搗精

'9분 도미' 같은 말은 말 자체가 고와서 먹지 않아도 쌀알의 질감을 느낄 수 있다. 도정의 핵심은 '남은 쌀눈의 면적'에 있다. 얼마만큼 눈이 남아 있느냐에 따라 쌀알의 식감과 맛이 달라지는 것이다. 할아버지는 죽기 전에 엄마에게 말했다. 아가야, 눈꺼풀이 정말로 무겁구나. 내 생에 이렇게 들기 어려운 건 처음이구나. 눈을 더 뜰 수 없을 때 생은 닫힌다. 사람의 얼굴은 그때부터 창백해진다. 밀도 쌀도 찹쌀도 그런 식이다. 많이 깎을수록 곡물은 새하얘진다. 무無를 향해 걷다보면 백白이 오는 것. 그래서일까, 대부분의 문화권에서는 상복으로 검거나 흰옷을 입는다.

돌

　떠올리기만 해도 귓바퀴가 빨개지지만, 나는 여전히 나의 첫 투고작을 기억한다. 그 시는 「몽돌」이라는 회심의 역작(?)으로, 각 연마다 비장한 어투로 "돌돌돌…"이라는 의성어가 나름 치명적으로(?) 배치되어 있었다. 정확하게 전문이 기억나지는 않지만 이를테면 이런 식. "해변에서 까끌까끌한 얼굴을 쓸면/파도가 쳤다. 돌돌돌…//점자처럼/외로움처럼 돌돌돌…/바다가 혼자서 울고 있었다……"

　옮겨 쓰는 지금도 얼굴이 뜨거워진다. "돌돌돌"이라는 의성어도 끔찍하지만, 그뒤에 힘주어 찍어둔 말줄임표는…… 정말이지…… 말줄임표를 무한히 찍게 만든다. 아무튼 난생처음 투고란 걸 해보기로 했다. 이 작품을 교수님께 보여줬을 때 스승은 물끄러미 창밖을 보더니 쓰느라고 수고가 참 많았다 했다. 그후로 십 년 뒤 스승님은 이때를 회상하면서 나를 보면 숨이 턱턱 막혔다 했다. 이 친구를 어떡하지 시를 이렇게 좋아하는데. 이 아이에게 내가 무얼 해줄 수 있지. 그후로 그는 내게 정말 헌신했다. 그는 (비유가 아니라 말 그대로) 돌밭에서 사람을 일궜다.

그후 가족들은 나를 볼 때마다 "돌돌돌…"이라고 놀리곤 했다. 내가 오늘 찌개 맛있네?라고 말하면 엄마는 (아련한 눈으로) "돌돌돌…"이라고 답했다. 아, 이제 겨울이 온 것 같아요!라고 말하면 아빠는 창밖을 보며 (여운 가득 담아서) "돌돌돌…"이라고 답했다. 심지어 첫 시집을 아빠 손에 쥐여줬을 때도 "돌돌돌…에서 이렇게 첫 시집까지 오다니… 정말이지, 감회가 돌돌돌…".

누구에게나 바탕이 되는 '흰 돌'이 있다. 그것은 생김새나 크기와는 무관한 채로 우리 가슴에 귀한 무게로 놓여 있다. 우리는 그런 어설프게 아름다운 걸 '처음' 혹은 '시작'이라 부르곤 한다. 나의 경우엔 흰 돌이 「몽돌」이었다. 부끄럽지만 나의 시작詩作은 그렇게 시작始作되었다. 생각해보면 이후의 시들은 모두 아름다웠다. 왜냐하면 「몽돌」이 떡하니 있었기 때문. 아무리 내가 시를 망치거나 낙심한대도 가족들은 "돌돌돌…보단 멀리 왔네!"라고 말했다. 그렇게 흰 돌을 쥐고 살자고, 계속 부끄럽자고, 그 어떤 시를 쓰든 조금은 멀리 왔다고. 동글동글한 몽돌. 나의 조그마한 돌. 아주 부끄럽고 새하얀 그걸 쥐고 있으면 언제든 다시 시작할 수 있었다.

## 돌부처

1

가장 수동적인 능동. 가장 조용히 피는 꽃. 나는 부처님을 그렇게 생각하고 있다. 절에서 불상을 여러 곳에 세워두는 건 부처를 숭배하라는 뜻도 아니고 부처에게 기도를 올려서 복을 얻거나 성공을 이루라는 뜻도 아니다. 부처는 그런 게 아니다. 목적 바깥에 있다. 부처는 소원을 들어주지 않는다. 만약 그게 가능했다면, 부처가 그런 존재였다면, 내가 사랑했던 비구니는 이미 되살아나서 어린 내 손을 잡고 걷고 있을 것이다.

그러나 부처는 그런 게 아니다. 마음이 아파도, 부처는 그런 게 아니다. 부처는 '그저 그렇게 존재함'이다. 삶이 부서질 듯 아프고 귀가 찢길 듯 슬플 때 절에 가면 언제나 후덕한 부처가 있었다. 존재하기. 자신으로 살아내기. 풀끝에 매달린 이슬들처럼, 제 몸을 찢고 피는 꽃과 나비들처럼, 철봉에 매달린 체조선수의 창백한 팔처럼. 가장 수동적인 능동. 돌 위에 피어나는 꽃. 부처는 그렇게 존재해낸다. 쌀알처럼 꼿꼿하게 존재해낸다.

그러니까 사찰에 불상이 놓여 있는 건 그게 바로 '만물'을 뜻하기 때문이다. 부처는 신적인 존재나 초월이 아니라 비가 오면 흠뻑 젖는 우리 자체다. 나무와 풀과 지붕과 철물은 피하지 않는다. 비가 오면 강물은 고스란히 비를 맞는다. 내가 사랑했던 비구니는 생의 끝에서 병원에 가지 않고 그냥 그대로 살았다. 나는 빌었다. 스님, 제발 병원에 가요. 스님, 제발 곁에서 살아주세요. 아무말 없이 검지 하나를 세우고 웃는 것, 그것은 법, 그것은 진리. 살아내는 것. 풀 한 포기처럼 그저 살아내는 것.

돌부처를 본다. 비를 흠뻑 맞은 채 가만히 앉아 있는 얼굴을 본다. 돌부처를 본다. 눈을 덮어쓴 채로 어깨를 털지 않는 육체를 본다. 돌부처는 매일 거기 그대로 있다. 우리는 늘 그렇게 존재하고 있다. 그러니 대웅전에 모셔둔 황금빛 불상만큼이나 절 밖의 돌부처는 고귀하다. 비가 오든 눈이 오든 다 맞고 있는 것. 새똥을 맞아도 침을 뱉어도 절이 불타도 눈 하나 꿈쩍하지 않는 것. 존재하는 것. 모두 풍화된대도 '존재했던 태도'로서 존재하는 것.

죽어가는 당신 손을 꼭 쥔 채 가만히 울기만 했던 오후가 있다. 검은 봉지 속엔 물복숭아가 들어 있었다. 비구니는 그걸 나의 손목에 걸더니 연잎처럼 말간 미소를 지어주었다. 그는 품에서 작은 반지를 꺼내 엄마 손에 조용히 쥐여주었다. 자유롭게 살아가세요. 불 밝히세요. 용감하게 끝까지 걸어가세요. 그는 엄마를 꼭 끌어안더니 마지막 힘을 짜내어 말했다. 칠흑 속을 당당하게 걸어가세요. 대장부답게 어둠조차 안고 가세요. 스님이 준 반지에는 날개를 펼친 나비 한 마리가 아름답게 세공되어 있었다.

2

우연한 기회로 이 책을 만드는 사람들과 제주에 간 적이 있다. 여행의 끝에서 우리는 관음사라는 오래된 사찰에 도착했는데 절 앞에는 끝 모를 안개가 펼쳐져 있었다. 우리는 안개 속을 들여다보다가 깜짝 놀라 입을 떡 벌렸다. 엄청난 수의 돌부처들이 안개 속에 있었기 때문이다. 그들은 각기 다른 자세로 앉아 있었다. 사람들이 안개 속으로 들어갔다. 그들은 말없이 불상 앞에 서더니 돌부처 위에 가지런히 손을 얹었다. 내 작은 손도 돌부처 이마에 얹어보았다. 제주답게, 현무암으로 만들어두어 부처 속으로 안개와 숨이 들락거렸다. 그때 나는 기도했다. 지금 이 사람들과 우리가 우리로, 지금 이대로, 이 마음 그대로,

돌처럼 용감하게 존재해보겠다고.

어떤 사람들은 그런 마음으로 책을 만들고 어떤 이들은 그런 마음으로 불상을 깎는다. 물론 책도 돌도 언젠가는 흩어질 것이다. 그럼에도 우리는 영원을 꿈꾸며 살아간다. 동그랗게 빚어진 부처의 어깨. 부드럽게 비를 맞는 옆의 사람들. 한 권의 책이 사람의 눈을 흔드는 장면. 한 번의 생이 사랑을 한 번 빚어내는 장면.

그때 난, 왜 갑자기 울 뻔했을까. 돌부처의 이마에 손을 얹고 있을 때 모든 위기가 단번에 흘러들어왔다. 내가 사랑했던 비구니가 떠났을 때도 아빠의 심장이 함부로 날뛰어 두려웠을 때도 응급실에서도 동생이 울 때도 한겨울에도 통증 때문에 엄마가 눈을 감을 때에도 무언가 분명 우리를 힘껏 굴리고 있었다. 우리를 비추는 어떤 빛과 힘이 있었다. 그게 거짓이라 해도, 없다 해도 우리는 있었다. 그것이 내가 절에서 주운 금빛 언어다.

## 동지

백탄은 은근히 화력이 세서 찻물을 끓이기에 적합하다. 얼마
전 동짓날 엄마는 팥죽을 끓이느라 온종일 국솥을 휘휘 저었다.
죽과 스튜가 왜 만들기 어려운지 아니? 그건 뭉근하게 지속해야
하기 때문이야. 나는 네가 시를 계속 쓰면 좋겠어. 놓지 않고 성
실하게 쓰면 좋겠어.

## 2부

무의 땀은

이토록 흰빛이구나

## 두부

명절 때마다 가게에서 수백 장의 전을 부쳤다. 그렇게 수십 년, 전을 부치고 깨달은 사실은 물을 머금은 것이 쉽게 허물어진다는 것. 어떻게 보면 당연하지만 전을 부칠 땐 이 사실을 늘 생각해야 한다. 이를테면 고구마전이나 부추전처럼 흙속에서 자란 것들은 단단하다. 색동꼬치도 동그랑땡도 배추전도 그렇다. 얘들은 계란을 입히고 팬에 올리면 가지런히 누운 채 알아서 굽히곤 한다. 하지만 언제나 다루기 힘든 것들이 있다. 그건 과일처럼 수분이 많은 존재들. 특히 명태전 같은 친구들은 왜 그리 약한지 조금만 방심해도 냇물에 떨어진 눈처럼 살과 겉이 홀라당 흩어져버린다.

물에서 자랐으니 물을 기억하고 있겠지.
나도 영천永川의 내와 숲과 온갖 지붕을 기억해.

엄마는 전을 부치며 나직이 말했다. 그러니 부드럽게 파고들 듯 집게를 넣으렴. 전 밑으로 스며들듯 느리게 천천히. 실제로 엄마의 팬은 아주 유려하게 재료들을 굴려대는데 그게 윗물과 아랫물이 섞이는 해류의 일처럼 막힘없이 부드럽게 이루어졌다. 그런 엄마에게도 제법 어려운 과제가 있으니 그건 바로 두부전을 정하게 부치기. 엄마는 늘 두부전은 자기가 구워야 한다고 너희들 손은 믿을 수 없다고 했다. 조심스레 약불에 콩기름을 두르고 축- 축- 한 장씩 두부를 얹고 흐물흐물해지는 두부를 집어서 아주 순하게 반대면으로 슬쩍 돌려야 한다. 색을 봐봐 얘는 겉부터 완전 희잖니. 눈송이 다루듯 조심스레 다루어야 해. 흰 재료는 대부분 그렇다? 자세히 봐봐. 찹쌀, 전분, 설탕, 흰자, 메추리, 쌀국수. 흰 것들은 허물어지기 쉬운 법이야. 흰 것들은 마음을 써서 다루어야 해.

파도의 끝은 언제나 백색이었다.
엄마는 병실에서 할아버지를 씻길 때

꽃잎 쥐듯
두부 쥐듯

돌려 눕혔다.

푸른빛을 다 잃고 허물어지면서

당신 발을 적신 것이 흰빛이었다.

# 등

두드리면 뼛속 아주 깊은 곳에서 묘한 금속음 같은 게 울리곤 한다. 결국 골다공증이 맞다는 결론이 났다. 어쩐지 너무 가볍고 휘청거렸다. 한여름 나는 늙은 당신을 등에 업은 채 정형외과 앞에서 땀을 닦았다. 송골송골 땀이 등으로 흘러내렸는데 그런 내 등에 얼굴을 쿡 처박은 채로 숨을 색색 쉬며 말없이 가만히 있었다. 미안해. 누가 말했는지는 기억이 안 난다. 희끗한 눈으로 날아가는 새들을 봤다.

## 뢴트겐

이제는 뼈에도 전이가 된 것 같습니다. 캄캄한 어둠 속의 자작나무 한 그루. 결코 부러지지 않을, 흰 기억이 있어서 우리의 골격은 이렇게 환한 것인지. 내가 너 업고 동산병원으로 미친듯 달렸다. 네 어깨를 잡고 오래 기도했었지. 그 사람이 그렇게 우는 건 처음 봤다. 난초를 키웠다. 집이 밝았다. 네 동생 착했다. 어렸을 때 젖병을 물리고 뒤돌아보니까 마당에서 고양이들이랑 나눠 먹고 있더라.

병원에서 가장 힘든 때가 언제야?

거대한 기계에 앞에서 시키는 대로 아무 말 없이 혼자 그냥 놓여 있을 때.

무언가 척척 제대로 작동은 하고 있는데 내 살에 닿는 물체는 너무 차갑고 나는 시키는 대로 팔을 벌리거나 오므린 상태로 우주 속에 둥둥 떠 있는 것 같아. 그럴 때 뼈는 몸에 스는 얼음이 아닐까. 우리 엄마도 그냥 녹아내린 건 아닐까. 그런 생각하면서 내 속을 생각해. 내 속에는 뭐가 있나. 뭐가 있어서 아직 죽지 않고 나를 일으키는가.

그날 이후, 나는 매일 꽃시장에 들러서 흰 꽃을 정신없이 사고는 했다. 알리움, 백합, 리시안셔스, 델피늄 델피늄. 멀어지는 마음, 순수한 사랑, 변치 않는 사랑, 당신을 행복하게 해드리겠습니다. 어떤 꽃말은 때때로 너무 빗나가버려서 마음 편히 사지 못한 때도 있었다. 그러나 이제 우리에겐 시간이 없다. 나는 흰 꽃이면 닥치는 대로 뭐든지 산다. 꽃말을 넘어 존재가 피어나도록, 흰 꿈을 꾸도록, 살도록, 용감하도록 흰 꽃을 당신 머리맡에 놓는다. 향기라도 당신이 듬뿍 마시고 뢴트겐이 처음처럼 하얘지도록.

## 막걸리


마실 때마다 곡물의 가능성을 열어보는 것 같다. 어떻게 쌀과 물로 빚은 게 이렇게 달 수가 있지? 아주 좋은 막걸리는 은은한 단맛이 나고 곡물의 찰기가 남아서 입안을 감는다. 심지어 어떤 막걸리에서는 바나나 향기가 난다. 인공향료를 넣지 않아도 그렇다. 곡물로 빚은 술은 대개 향기가 있다. 꽃향기, 체리 향기, 아몬드 향기, 재와 수박, 꿀과 토피넛, 계피와 젖은 숲. 심지어 어떤 위스키에서는 화산 냄새가 난다고 한다. 나는 이 모든 향기를 '땅의 기억'이라고 믿고 있는데, 어떤 막걸리에서는 깎아둔 사과 향기가 났다. 아마 수원水源 근처에 과수밭이 있었을지도.


놀라운 건 이토록 눈부신 연관. 땅에서 자란 것들은 대부분 달다. 할머니가 현미 속에 있을 수 있고 나를 키운 비구니의 여린 손끝이 단풍나무 속을 흐를지도 모른다. 나의 소변이 도라지 속으로 파고들겠지. 죽은 개가 감자 속에서 엉글어가겠지.

대지는 왜 달콤한 것을 빚어내는가. 사탕수수도 밀도 보리도 아카시아도.

모든 식물의 말단에선 단맛이 났다. 그래서 우리는 사람을 땅에 묻는 건지도.

양분: '기를 양養' 자에 '나눌 분分' 자를 더한 말.
서로가 서로를 비추고 기르는 '연갈이 시'처럼.

막걸리의 유래는 크게 두 가지가 있다고 한다. 술을 빚은 뒤 위에 뜬 맑은 술清酒을 떠내고 남은 술을 막 걸러서 만들었다는 것. 다른 하나는 오래 숙성하지 않은 술을 바로 막, 걸러서 먹는다고 해서 막걸리라고 부른다는 것이다.

어느 쪽이든 '막'이라는 말이 결정적이다. '지금 바로'를 뜻하는 '막'과 '마구'의 준말인 '막'. 그렇게 막걸리는 거칠고 급하고 직정적이다. 드라마에서 천민들이 사발로 마구 들이켜면서 턱으로 목으로 줄줄 흘리는 데에는 이유가 있었다.

막걸리는 폐소아처럼 이름이 많다. 탁주濁酒의 일종으로 흐린 술이지만, 나는 이걸 '흐리다'라고 보기보다는 '지닌 것이 많다'고 믿는 편이다. 희다는 뜻에서 백주白酒라고 불리기도 했고, 농민들이 자주 먹는다고 농주農酒라고 불리기도 했다. 하지만 역시 내가 가장 좋아하는 이름은 동동주. 잘 익은 술의 위쪽엔 쌀이 동동 뜨는데 그 희고 작은 점들이 쌀의 별자리 같다. 옛사람들은 이걸 부의주浮蟻酒라고도 불렀다. 개미가 동동 떠 있는 것 같다는 것이다. 또는 나방이 떠 있는 것 같다고 하여 부아주浮蛾酒, 녹아주綠蛾酒라고도 불렀다(『한국민족대백과사전』). 생각해보면 그럴 것이다. 옛사람들에겐 술이나 물에 벌레가 떠 있는 일이 잦았을 것이다. 더럽다고 소리지르거나 놀라지 않고 자연스럽게 손으로 집어내고 마셨을 것이다.

내가 막걸리를 좋아하게 된 건 순전히 벼 때문이다. 물론 막걸리는 구멍떡이나 밀, 찹쌀 등으로 빚기도 하지만 이 술의 근원은 기본적으로 금빛 벼에 있다. 황금 속에 싸여 있는 하얀 알갱이. 내가 다니던 대학은 벌판을 지나서 있었는데 나는 늘 이곳을 지나다녔다. 집에서 학교까지는 꽤 멀었는데도 가급적이면 걸어서 가고는 했다. 노래를 듣거나 읽었던 시를 생각하거나 좋아하는 사람의 표정을 생각하면서, 가능하면 논길을 따라 집으로 갔다. 그중에서 가을의 논길은 너무 아름다워서 혼자 걷다가도 헉, 하고 멈춰 쉬기도 했다.

　가을에 논 한가운데에 서서 눈을 감으면
　사방에서 벼 스치는 소리가.

　그걸 뭐라고 할까. 시간의 허벅지가 스치는 소리. 태양으로 짠 코트를 어깨에 걸치는 소리. 할머니가 안아주던 소리. 금빛 천보자기 소리. 특히 귀뚜라미가 울기 전의 가을밤에는 서늘한 바람을 맞으며 그 속에 홀로 있었다. 황금빛으로 물든 논 한가운데서 죽은 자들을 부르며 계속 사랑하면서 눈을 감고 그 속에 오래 있었다. 엄마가 야위어갈 때도 아플 때에도 엄마가 그대로 죽어버릴까 두려울 때도 거기 가서 그렇게 눈을 감고 있으면 벼들이 일제히 선 채로 몸을 비볐다. 그때 난 왜 그리 목말랐을까. 그후로도 모든 게 녹록지는 않았다. 할머니가 죽은 뒤 그곳에 갔고 새-엄마를 보내고도 그곳에 갔다. 그곳에 가면 어김없이 결실이 있었다. 이삭들이 열렬히 몸을 비빌 때 나는 정말 정하게 살고 싶었다. 그렇게 쌀알의 폭포 소리를 들었다.

## 메추리알

포롱퐁 퐁퐁. 요정이 물에 떨어지는 소리. 예측할 수 없는 알알의 귀여운 리듬. 메추리알 장조림을 만드는 과정은 소리 때문에 귀가 귀엽게 간질거린다. 동글동글해지고 싶어. 사랑하고 싶어. 간장 속으로 포롱퐁 알이 굴러들어갈 때 캄캄한 밤에 동생과 웅크린 채로 엄마를 기다리던 장면이 떠올랐다.

간장처럼 새카만 밤. 고요한 밤. 동생과 이불 속에 웅크린 채로 엄마가 오면 왁! 하고 놀라게 해야지. 그러다가 나란히 잠이 들었다. 다음날이면 엄마는 일을 나가고 없었다. 소반 위엔 먹을 것들이 놓여 있었다. 아빠는 꼭 그 위에 메모를 남겨두었다. '카레 데워 먹으렴.' '사랑한다. 미트볼.' '약 먹어. 아빠 가슴 매우 아픔.' '오늘은 일찍 갈게. 라면 불조심.' '태어나줘서 고마워. 미역국 뜨겁게.' 학교 갔다 오면 쪽지를 열어봤는데, 생각해보면 우리는 시를 읽으며 자랐다.

하지만 때로는 심술이 나는 날들도 있었다. 그런 날은 젓가락으로 메추리알을 쿡쿡 찌르고 동생과 뒷동산을 뛰어다녔다. 왜 우리집은 늘 엄마랑 아빠가 없어? 우리는 왜 둘이야? 왜 아랫집처럼 가족이 같이 밥 먹는 게 이렇게 어려워? 어리니까 그랬지. 자기 상처만 보였지. 우리는 우리의 흠집만 보았지. 그로부터 이십 년, 시간을 건너 엄마랑 장조림을 만드는데 내가 메추리알을 한꺼번에 우르르 붓자 엄마가 찡그리며 이렇게 말했다.

조심조심 다뤄! 특히 메추리알은!

왜?

메추리알은 아주 작은 흠집만 나도 장조림으로 쓸 수가 없어.

왜 그래?

그야 나도 모르지.

아니, 왜 하필 메추리알은 그렇다는 거야?

나도 몰라. 작은 알이라서 그런 게 아닐까? 둘레도 작고 약하고 잘 다치니까. 그런 것들은 마음을 다해 다루어야지. 살살 굴려 간장 속에 옮겨줘야지.

## 목덜미


　가장 연약한 곳에 보석을 숨겨두었네. 목덜미라든가 약지라든가 시라든가. 사랑하는 사람들이 곳곳에 박혀서 무지개처럼 보고 싶다고 수런거리네.


　가장 취약한 곳에 사랑을 숨겨두었네. 암을 숨기고 식당 일을 오래했네. 노을 지면 골목은 어둑해지고 감자탕 먹던 손님들 우르르 나가고 상을 닦던 여자 혼자 콧물을 훔치네. 눌어붙은 감자도 홀로 빛나네.


　"햇살이 닿아 번뜩이는 감나무 잎으로/손목을 긋고 싶다"(유형진, 「가을 햇살」). 하지만 그러면 손목에서 홍시가 흐를걸. 그 손목에 부드럽게 입을 맞출걸. 아주 흰 붕대로 당신 맥박을 감싸며 우리가 결코 내버려두진 않을 거라고.

멧비둘기가 앉아서 구국국 운다. 산비둘기가 날아와 가지를 짚는다. 남반구에서 비행기를 타고 새처럼 날아와 다 자란 내가 깡마른 어깨를 끌어안는다.

어깨. 인간의 가장 유려한 능선. 추스를 수 없는 우리 마음의 곡면. 가을이 오면 가장 빨리 추위를 느끼고 양손으로 쓸게 되는 몸의 추풍령.

금귤 두 개를 입에 넣고 씹어먹는다. 몸이 험할 때는 쨍한 과일을 째로 먹자고. 이 작은 둘레에 사월이 웅크려 있다고. 짧은 시에 온 마음이 엎드려 있다고.

그래그래. 이 여자를 좋아했구나. 이 사람의 시를 정말 좋아했어요. 참 왜소하네, 이 여자. 응, 하지만 거대해. 이 여자 이름이 뭐라고? 허수경. 허수경, 이름이 등불 같네.

전서구傳書鳩. 마음을 달고 날아갔던 말. 앙상한 다리에 묶은 소금 같은 말. 전속력으로 날개를 펼치고 산을 건너서 고작해야 심장만한 작은 그들이 거대한 전쟁을 막아내기도 했다고. 전속력이란 그런 것. 어깨를 펼쳐 온힘으로 너머를 향해 날아가는 것.

우리의 눈은 무지갯빛 너머를 볼 수 없지만 비둘기는 시신경세포가 아주 많아서 보랏빛 너머ultra violet를 볼 수 있다고 합니다. 도대체 그들의 눈에는 어떤 세상이 펼쳐질까요. 총천연색을 넘어선 비둘기의 세계는. 목덜미는 얼마나 더 우아할까요. 지금도 작은 무지개를 두르고 있는데.

아주 칙칙해 보이는 공원의 비둘기 한 마리.
그러나 이제는 공작보다 풍부해지고.

깡마른 당신이 빛나고 있다.
나만 아는 당신
나만 볼 수 있었던
우리는 그런 걸 이야기라 부르고.

내 이야기 속엔 죽은 엄마와 죽은 비구니와 죽은 아빠와 아빠의 어린 이복동생과 지긋지긋한 암세포와 토마토 줄기들, 죽은 시인과 리듬과 길과 노래가 있고 꺾인 가지, 꺾인 꽃, 꺾인 무릎들, 망해버린 감자탕 가게와 냄비가 있고 그 모든 걸 안고 밝은 길을 펼치는 그것은 목덜미, 사랑하는 인간의 급소. 힘껏 안고 줄기처럼 뻗어나가는.

엄마가 눈을 떴다. 매화가 필 때 엄마가 활짝 웃으며 방귀를 뀌었다. 엄마는 감자탕 가게에 나가지 않는다. 한정식 가게에도 분식집도 나가지 않는다. 그 모든 음식, 간장들, 푸른 채소들. 이제 그 모든 것을 내려두고서 아주 작은 반찬가게를 하고 싶구나. 엄마가 나를 보며 지그시 웃는다. 살았네, 라고 말한다. 비둘기와 비둘기가 목을 포갠다. 목덜미에 보랏빛 너머가 번들거린다.

## 목련

동생은 바싹 말랐고 나는 포동포동 살이 쪘다. 음식 욕심이 많았던 내가 동생 먹을 걸 모조리 뺏어먹었기 때문이다. 더욱 가슴 아픈 건 통제를 해줄 어른이 없었다. 부모가 모두 일하러 먼길을 나서면 내가 동생의 유일한 보호자였다. 아홉 살과 다섯 살. 아주 작은 사람들. 둘은 죽을 것처럼 외로울 땐 동네 인근의 시장으로 손을 잡고 구경을 갔다. 시장 안엔 '목련분식집'이 있었다. 거기서 순대를 시켜 먹었다. 동생은 순대 껍질만 주워 먹었다. 순대 속은 내가 다 파서 먹었다. 분식집 아주머니가 벼락같이 화를 냈다. 그 순간 동생이 내 앞을 가로막더니 자신은 원래 껍질을 좋아한다고 말했다. 시간을 단 한 번 되돌릴 수 있다면, 그때 그 아이 옆에 서 있고 싶다. 똑바로 서서 이번엔 정말 잘하겠다고, 깡마른 그애 손을 잡고 목련꽃 보듯 제대로 사랑을 말하고 싶다.

**목례**


동자는 스님도 아이도 아니다. 동자는 소년도 소녀도 아니다. 동자는 불자도 천주교도도 무슬림도 아니며, 동자는 그냥 동글동글한 동자다. 동자는 눈동자에 일주문이 보일 때 에휴- 집에 다 왔다 말하는 사람이다. 동자는 아직 사천왕이 두렵다. 저토록 무서운 게 왜 절에 있나요. 순한 개도 사랑을 지켜야 할 땐 겁 없이 일어서서 컹컹 짖곤 한단다. 시위하듯 행진하듯 함께 울면서 화를 내야 하는 순간이 있다는 것을 동자는 아직은 알지 못한 채 오늘은 그저 말갛게 기분이 좋다.


사랑하는 비구니와 시장에 가기 때문이다. 비구니는 여성도 남성도 아니다. 비구니는 엄마도 아빠도 아니며 동자에겐 세상이다. 심장이다. 그가 봄여름가을겨울을 가르쳐주었다. 봄은 냉이, 여름은 부채, 가을은 홍시, 겨울은 개와 함께 눈 위를 걸으며 숨죽인 채로 눈 밟는 소리를 듣는 거란다. 사박사박 여섯 개의 발로 나란히 걸으며 동자는 계절의 기쁨을 배웠다. 그럼 목탁 소린 뭐예요? 그건 계절도 잊은 채 계속해서 뛰는 삶의 심장이란다. 나무로 된 심장. 서늘한 대웅전 바닥에 이마를 대고·여름에는 누워 있었다. 동자는 그곳을 뒹굴뒹굴 굴러서 하늘 아래 단청을 보는 걸 좋아했다. 가장 예쁜 무늬들. 절 안의 무지개. 인디언이 먹는다는 보석옥수수 같은. 동자는 단청을 실컷 구경하다가 스님 몰래 성냥으로 향을 피웠다.

지금 동자의 심장엔 불이 켜진다. 비구니와 손을 잡고 시장을 걷는 길. 온갖 소음과 과일과 사람이 바글대면서 쑥을 넣은 찌개처럼 끓고 있다. 시장에 오면 비구니는 질이 안 좋은 과일과 시들시들한 채소만 골라 사고는 했다. 왜 이런 걸 사요. 물으면 비구니는 웃었다. 이런 걸 사는 게 부처님의 마법이란다. 마법이었는지 마음이었는지는 불분명하다. 동자는 비구니의 웃음이 좋아서 무슨 뜻인지도 모른 채 따라 웃었다. 형형색색의 떡집은 단청 같구나. 좌판에 걸어둔 비닐장갑은 풍경 같구나. 그렇게 한참을 정신이 팔려 있을 때 비구니는 동자를 가게 앞에 내려놓는다. 이거먹고 있으면 스님이 돌아올게요. 네! 동자가 가장 좋아하는 순간이다. 황금빛 기름 속으로 닭이 미끄러지고 차글차글 비 내리는 소리가 들리고 한참을 기다리면 벨이 울린다. 그럼 뜰채로 아저씨가 치킨을 건져서 동자 앞에 그대로 내준다. 동자는 허겁지겁 그걸 먹는다. 입안에 번지는 고소한 황금. 이건 햇빛의 맛이야. 볕의 맛이야. 깨를 천 번 뿌렸나. 싱글벙글 동자는 기다린다. 그가 먹지 않을 줄 알면서도 아주 조금은, 그의 몫을 박스 안에 남겨둔 채로.

잠시 뒤 버스를 타러 나란히 걷는 길. 동자는 길목에서 눈이 휘둥그레진다. 스님, 스님! 저기 봐 이상한 스님이 있어! 머리에 승복을 뒤집어쓰고 있어요. 비구니가 고개를 들어 그를 보다가 쿡쿡 웃고는 조용히 목례를 한다. 맞은편의 그도 싱긋, 끄덕거린다. 동자 옆을 지날 때 그가 활짝 웃으며 '나는 수녀야!'라며 어깨를 톡 짚고 지나간다. 동자는 그 손길이 싫지 않다. 다정한 어른들, 여자들, 엄마─사람들. 어느덧 해는 귤껍질처럼 곱게 벗겨져 동자는 종아리가 무거워지고 동자는 손에서 닭 냄새가 나는 것 같아서 솔잎을 뜯어 손바닥에 비비곤 했다. 그걸 보고 비구니는 그러지 말라고 다 괜찮다고 동자의 손을 보석처럼 감쌌다. 그 순간이 얼마나 귀중한지 모른 채 동자는 끔벅끔벅 눈을 감았다 뜬다. 그렇게 해질녘의 졸음이 몰려오고 있었다.

## 목탁

한때 나를 키워준 비구니가 세상을 떠났다. 아주 정갈하게 세상을 비우고 갔다. 시신을 완전히 의과대학에 기증해달랬어요. 편하게 보고 낱낱이 속을 파헤치라고 안에 있는 모든 걸 싹 다 비워서 쓰라고요. 그리하여 자신처럼 아픈 사람이 없게 그리하여 누군가는 살 수 있도록. 우리 동생 스님들은 다 던져내라고 모든 걸 비우고 당당히 가라 속삭였어요.

육체는 정말 소중하고 동시에 아무것도 아니야.
또한 아무것도 아닌 걸 매번 귀히 여기렴.

나를 키워준 비구니는 종종 이렇게 말했다. 내가 아프거나 심한 몸살로 누워 있을 때 이마를 쓸어주던 사랑의 육체, 그 몸을 귀한 방식으로 던지고 갔다. 그의 심장, 콩팥, 눈알, 종아리까지 모든 게 해부용으로 기부되었다. 관 속에는 아무것도 없는 이상한 장례식. 나는 목관악기처럼 엎드려 오래 울었다. 평생을 남에게 주고 떠나간 사람. 냉장고를 날개처럼 열던 사람. 진리를 믿었던 사람. 따르던 사람. 진리조차 다 던지고 무無가 된 사람. 그후로 사는 게 턱밑까지 벅찰 때 당신이 살던 사찰에 가서 홀로 앉는다. 반질반질 윤이 나는 목탁을 본다. 텅 빈 채로 가득찬 소리를 본다. 나무로 된 심장. 내겐 전부였던 빛나는 얼굴. 목마른 얼굴. 구멍난 사람. 모든 걸 미래로 주고 떠나간 사람. 텅 빈 사람. 꽉 찬 사람. 사랑의 사람. 곳간을 열어 양팔을 벌린 나의 새-엄마.

## 목화

발음하기만 해도 입속에서 꽃이 피는 것 같다. 목화는 시월에 솜을 틔운다. 멀리까지 씨앗을 퍼뜨릴 수 있도록 씨를 감싸는 솜을 안에서 키운 것이다. 그 덕에 이 한해살이풀은 강이나 바다에 둥둥 떠서 멀리까지 갈 수 있었다. 더 아름다운 건, 잠에 취한 연약한 우리가 그걸 덮고 꿈을 꾼다는 것. 겨울에는 그게 참 위로가 된다. 턱밑까지 이불을 당겨 덮은 채 볼 수 없는 사람을 보고 싶어요, 꽃의 잔해를 덮고 우리는 잠드는 것이다.

## 무

 할매는 목이 타면 칼을 들고서 무를 잘라 둥그런 조각을 씹었다. 빨간 대야 앞에 우리는 쪼그려앉아서 굵다란 무 조각을 함께 씹었다. 석석. 그게 얼마나 평화로운 소리였는지. 석석. 첫맛은 달고 끝맛은 매웠다. 알싸하고 달콤한 물이 쿡쿡 나와서 나도 모르게 눈이 번쩍 떠지는 오후. 그렇게 할매랑 느리게 무를 씹고 있으면 가을을 제대로 살아간다는 느낌이 들었다.

 이제 이 모든 장면은 가슴속에만 있다.
 무를 썰 땐 손목에 힘을 줘야 해.

 칼끝을 세우고 무를 찌르고 칼등을 눌러. 여름 무는 대부분 대관령에서 난다. 좋은 무는 단면에서 즙이 흐른다. 높은 곳에서 자란 무는 표면이 차갑고 씹어보면 속에서 서늘한 맛이 난다. 모두 할매가 무를 썰며 알려준 것들이다. 그가 칼을 들고 무를 쩍, 반으로 가르면 무의 중심에선 얼음이 갈라지는 소리가 났다. 석석 쩍. 석석 쩍. 장작을 패듯이 무를 활짝활짝 열어젖히는 할매를 보면서 어린 나는 용기라는 말을 알 것 같았다. 사랑은 그렇게 칼하나 쥔 채로 허벅지보다 굵다란 무를 가르는 힘.

'맑은 뭇국'이라는 말을 들여다본다.
국솥에서 무가 뻘뻘 땀을 흘린다.

고기 한줌 없이 육수를 만들 수 있다. 시간이 갈수록 무는 점점 투명해지다가 종국에는 둥근 형태로 허물어진다. 우리는 그렇게 국솥 같은 집에서 살았다. 해마다 여름을 넘기면 할매는 투명하고도 둥글둥글한 어깨를 갖게 되었다. 사람은 그렇게 깎여나가며 사는가보다. 목욕탕에 가면 할머니는 온탕 속에서 삼십 분씩 나오지 않고 앉아 있었다. 그러다 바가지를 들고 나와서 내 얼굴을 씻기며 이런저런 이야기를 들려주었다. 그중에는 개에게 물려 세상을 떴다는 어린 이모의 이야기도 섞여 있었다. 할머니의 손바닥이 투명해지고 있었다. 거기에 내가 맑은 콧물을 흥, 하고 풀면 당신은 찬물에다 손을 씻었다. 이제 이 모든 장면은 가슴속에만 있다. 무와 무無를 열심히 오가며 잘린 무의 단면을 조용히

97

본다. 무의 땀은 이토록 흰빛이구나. 뭇국을 끓이며 그렇게 생각했었다. 국솥을 보면 누구나 진실을 알 수가 있다.

## 물티슈

　때때로 유품은 풍성한 물기를 두르고 우리 앞에 갑자기 나타난다. 일상 속에서 그 사람이 들고 다닌 것. 그걸 쥐던 손가락의 모양과 그것의 색채. 그때 그 물체는 단순한 물리적 대상이 아니라 수많은 장면과 시간을 거느린 의미의 망網이다. 그걸 꼭 쥔 채로 잠이 들었다. 깨어나면 사정은 달라져 있다. 그 많던 물기와 의미는 사라져버리고 손안에는 바싹 말라 볼품없어진 한줌의 물체만 남겨져 있다. 그렇게 쓸 수도 버릴 수도 없는 물건이 있다. 처치 곤란한 상태로 썩지도 않는 것. 그걸 쥐고 앞으로 계속 살아야 한다. 온갖 마음의 험한 자리를 닦아내면서.

## 미농지

美濃紙. 아주 얇아서 밑의 면이 그대로 비치는 트레싱지를 예전에는 이렇게 불렀다. 이걸 그림책 위에 살포시 포개두고서 연필로 똑같이 따라 그리면 내가 그릴 수 없는 것들을 그릴 수 있었다. 에펠탑, 피아노, 침대, 내 방 같은 거. 그런 걸 말없이 따라 그리면 나도 잠시 아름다운 손을 가질 수 있었다. 가지고 있는 건 좀처럼 그리지 않았다.

엄마 아빠랑 같이 좀 살게 해줘요.
이런 문장을 일기에 쓰는 밤이면,

할머니가 어디서 얇은 이불을 구해와 내 몸 위에 조용히 덮어주었다. 아마로 짠 거칠고 가벼운 이불이었다. 이불 아래 내 살결이 슬쩍 비쳤다. 여름은 그런 식으로 오고 있었다. 그후에도 그런 식으로 모든 게 왔다. 죽은 시인의 시를 따라 필사할 때도, 손등

위에 내 손을 포갤 때에도, 병실에서 숨소리를 따라 쉴 때도. 겹쳐진 채 우리는 사랑을 배웠다. 꽃도 그렇게 곁눈질하며 피는 것이다. 개화전선은 얇은 종이로 이루어져 있다.

## 바둑돌

가끔은 이런 생각을 하기도 해. 바둑처럼 네 차례 내 차례 번갈아 오듯 통증도 번갈아 오면 좋겠다. 그럼 머릿속이 하얘질 땐 검은 돌 쥐고 마음이 캄캄할 땐 흰 돌을 쥐고 그렇게 버티는 거지. 순서를 기다리면서. 한 꺼풀씩 통증을 견뎌내면서. 가끔은 네 시를 철교처럼 쥐고 읽게 돼. 기차에 매달린 것처럼 시를 읽게 돼. 어지러울 땐 그게 묘한 희망이 된다? 창밖에는 순하게 눈이 내리고 있었다. 그게 벚꽃으로 변할 때까지 손을 잡고서.

강의실이라는 공간을 참 좋아했다. 한쪽에선 고도의 집중이 발생하는 동시에 다른 한쪽에선 극도의 노곤함(?)이 번지는 곳. 그래서 강의실은 묘한 풍경이 만들어진다. 그러니까 물렁물렁한 사월의 강의실이라면, 게다가 교수님이 생각보다 인자하다면, 목소리가 꿀 같다면, 햇살이 좋다면, 상황은 훨씬 복잡-다단-난 감해진다. 영국왕립학회였다면 이렇게 정의하리라. 강의실은 이성과 욕망이 충돌하는 곳. 수많은 햄릿이 고개를 처박고 죽느냐 자느냐 꾸벅꾸벅 침을 흘리며 고뇌하고는 했다.

명석한 지성의 목소리(교수님)가 맑게 울리고 더없이 자애로운 캠퍼스의 햇살이 목덜미에 닿을 때 어떤 친구들은 필경사처럼 필기를 해댔고 어떤 친구들은 학문을 넘어 나비가 되었다. '잠든 인간'과 '깨어 있는 인간'의 완전한 대비. 이것은 비유가 아니라 강의실의 실제다. 때로는 둘 다를 해내는 엄청난 기인도 있었다. 졸면서 쓰거나 쓰면서 헤드뱅잉을 하거나. 아무튼 나에겐 모두가 '인류의 평화' 같아서 강의실에 있는 시간을 참 좋아했다. 고백하면 현재 글을 쓰면서 관찰자라도 된 것처럼 아닌 척하지만, 실은 나도 수업 시간에 한 장자莊子했다. 자고 일어나면 교수님이 피식 웃으며 나갔다. 벌써 끝났다고?! 아니, 근데 내가 인간이라고? 시간과 현실을 도약하는 놀라운 경험을 우리는 시가 아니라 강의실에서 몸소 배웠다.

그러나 무어라 하든 강의실에서 가장 행복한 순간은 교수가 전공에 대한 사랑을 뽐고 있을 때 아닌가. 이를테면 어느 사월 시 창작수업에서 교수님은 목련을 보다가 이렇게 말했다. 제가 학생이던 시절의 이야기입니다. 목련이 피기 직전의 계절이었는데요. 한 선배가 막걸리를 들이켜더니 야 저거 봐라, 참 예쁘다, 목련의 눈 말야, 저거 시간을 말아서 봉封해둔 거 아니냐 했어요. 그래서 그날 술값은 제가 냈지요. 그 표현, 나 달라고 조르면서요. 여러분도 그러세요. 너무 예쁜 마음은 술값을 내고 한 번은 가져도 보세요. 그런 사람들을 가끔 캠퍼스에서 만나곤 한다. 인자하고 다정하게 말하는 스승들. 대개 그런 사람들은 자꾸 시와 용기를 주는데 짜리몽땅한 백묵을 들고 서 있는 것만으로도 학생들을 안심시키는 힘이 있다.


　그러고 보면 우습죠. 백묵이라니. 세상에 이토록 흰 먹이 있을까요. 이것도 시예요. 말이 안 되는데 존재하잖아요. 당신도 시고 나무도 시고 (웃으며) 과제도 시예요. 한 주 동안 시쓰기 과제가 있습니다. 모두들 한번 열심히, 행복하게 써봐요. 이렇게 말하고 시를 낭송했던 선생님. 누구보다 용감하게 말했던 사람. 우리 모두가 사랑했던 그 스승은 어느 학기에 이런 시험 문제를 내기도 했다. '우리 학교 캠퍼스에서 백목련이 아닌, 자목련이 피는 곳이 어딘지 서술해보시오.' 나는 그때 '인문관 정문 오른편'이라든가 '자연과학대 왼편 자연사박물관 옆 화단'이라는 식으로 답을 썼는데 정확히 십 년이 지나고 답을 알았다. 그 문제의 정답은 시, 한 글자였다.

## 백설기

한 오백 번 쌀과 쌀을 짓뭉러 누르고, 한 칠백 번 쌀과 쌀을 뒤집어엎고, 무당처럼 생쌀을 씹고 쌀을 뱉어서 곡물의 누런빛마저 갈아엎을 때, 저 스스로 단맛이 나는 물질이 된다. 그걸 쥐고 면보로 감싸 증기로 찐다. 흰 면에 흰 반죽이 저물어갈 때, 몸살걸린 개들과 세월이 물렁해질 때, 잇몸으로 먹을 수 있는 음식이 있다고. 모락모락 김이 나고 엉덩이처럼 반들반들 불 밝히는 사랑이 있다고. 참 이상하지, 오늘은 떡이 먹고 싶어서 떡집을 두 번이나 다녀왔어. 백설기를 쟁반 위에 올려둔 채로 물고 뜯고 씹고 맛보고 쿵쿵거리고. 엄마 나 미쳤나봐. 계속 떡을 먹게 돼. 얘, 오늘이 너희 할머니 기일이잖니. 얘가 할머니 하던 짓을 그대로 하네.

## 백합

백학이 되어 멀리 날아가는 꿈을 꿨는데 너를 만나자마자 네가 백합을 안겨주었다. 괜찮니? 괜찮아. 예쁜 꽃 고마워. 향기라도 너에게 좀 주고 싶어서. 아침에 흰옷을 꺼내 입으면 그날 하루는 다치지 않을 것 같다. 장례가 끝나고 셔츠를 꺼내 입었다. 셔츠의 옷깃이 목덜미를 스칠 때 그럴 땐 괜히 턱밑의 단추를 하나쯤 풀고 목을 쓸며 보고 싶다 말하고 싶다. 그러나 나는 모든 걸 직접 행하진 않는다. 대신 다정한 사람과 천변을 걸었다. 백합을 안고 따뜻한 너와 물가를 거닐며 장례가 다 끝났다고 오래 울었다.

## 버짐

버짐 핀 아이를 보면 가슴이 아프다. 나도 동생도 대체로 그런 아이였다. 버짐은 삶과 집이 한겨울일 때 얼굴이나 발목에 함부로 핀다. 마음의 눈보라에서 비롯되는 것. 상강霜降 지나면 벌써부터 걱정되는 것. 네 살짜리의 손을 쥐고 골목을 걸었다. 우리는 말없이 호떡가게를 느리게 지났다. 침을 꼴깍꼴깍 삼키며 앞만 보면서. 이것은 살에 피는 마음의 서리다.

## 병간病看

　겨드랑이 구석구석 어둠이 있다. 병간이란 그렇게 음지를 들여다보는 일. 면 수건으로 몸을 꼼꼼히 닦아내고 마른 수건을 펼치자 오줌이 보인다. 사람은 노랗다. 몸속을 흐르는 봄날. 새파랗던 시절에 대해 농담을 하며 가끔은 물에 푹 젖은 솔방울처럼 입을 꾹 다물고 싶은 나날도 있다. 그러나 솔방울의 끝은 활짝 펼쳐지는 것. 체조 선수의 마지막 동작처럼 틈을 펼치기. 산개하기. 미래를 뿌리기. 그렇게 사타구니며 엉덩이 같은 몸의 습지를 활짝활짝 열며 서로 조용해질 때 깨끗해진 노인의 얼굴을 쓰다듬는다. 사랑한다는 말 한 번 하지 않고서 사각사각 사과 깎는 소리를 듣는다. 사락사락 눈이 또 내릴 때까지 지속하리라. 마음만 쥐고 용감하리라. 그러다 가끔 바늘에 찔린 듯 눈이 아파서 그렇게 병간은 병病을 보는看 일이기도 하지만 솔잎 같은 한 사람의 끝을 눈에 담는 일.

**부활절**

　손톱, 발톱, 머리칼, 표피, 수염과 눈썹. 되살아나는 건 대부분 무채색이다. 오랫동안 다도茶道를 배운 친구가 말했다. 차를 우릴 땐 끓였던 물을 식혀서 써야 해. 사람도 시도 두번째 읽을 때 진실이 열린다.

3부

너무 보고플 땐

도라지를 씹어 삼킨다

## 비구니

반드시 요동치고 심장 뛰고 들썩여야만 사랑인 것은 아니다. 마음과 존재를 아래에서부터 떠받친 채로 기둥처럼 지속되는 사랑도 있다. 사시사철 최선을 다해 존재하는 것. 은은한 지속, 그 기쁨. 놀라운 세계. 창호 너머로 천천히 고개를 돌리면 만물이 견고하게 있는 것이다. 그러니까, 네가 바로 거기 있구나. 처마 밖에 느티나무와 이팝나무가, 갓난 고양이와 물웅덩이와 불상과 풍경이 기와 틈에 민들레가 피어 있구나.

그렇게 존재한다는 사실 자체가 기쁨이 되어
살아갈 힘과 용기를 심어주는 것.

이것이 불가에서 사랑을 건네는 방식이다. 어느 날 문득 삼베 이불을 펼쳐주기에 고개를 들면 여름밤이 와버린 것처럼 한때 나를 키워준 비구니는 그렇게 살았다. 옷깃으로 손등을 슬쩍 스치고 가거나 말없이 강아지 머리를 쓰다듬거나 호미질을 하다가 코밑에 쑥을 들이대거나 툇마루에 나란히 걸터앉아서 눈 쌓이는 소리를 함께 듣는 것. 그때 그 입김 속에 우리가 있었다. 뭉근히 끓는 팥죽 속의 끈끈함처럼 사찰 너머 해 지고 등불도 꺼지고 저녁의 색色이 성큼성큼 오고 있을 때 새가 울거나 개가 쉬거나 바람이 불었고 우리 여름날의 장아찌도 익고 있었다.

한때 나를 키워준 비구니가 도시 밖으로 몇 달 만에 외출을 했던 때였다. 비구니는 다람쥐처럼 포르르 걸어서 온몸으로 기뻐하며 나무 사이를 오갔고 너무 그리웠다고 숲이, 길이, 새파란 공기가, 이렇게 좋을 수 없다며 바위 위로 포르르르 올라가더니 갑자기 노래를 부르기 시작했다. "험한 세상에 다리 되어 그대 지키리. 험한 세상에 다리 되어 그대 지키리." 그가 노래하는 걸 난 생처럼 봤기에 나는 입을 한껏 벌리고 함빡 웃었다. 박수를 치며 좋다고 더 불러달라고 당신 목소리에서 솔향이 나는 것 같다고. 그때 숲을 보던 그가 이렇게 말했다.

아름답지.
눈부시게 아름답지.

우리 모두가 사라져도 아름답지.

그게 단순히 '그날의 숲과 공기'가 아니라, '만물萬物'을 뜻했다는 걸 늦게 알았다. 늦게 알고 나는 참 많이 울었다. 내가 사랑했던 비구니는 죽어가면서도 눈부시게 세상을 쓸어담았던 거구나.

내가 사랑했던 비구니의 승복은 너풀거려서 소매 속에서 캐러멜이 반짝거리곤 했다. 풍덩한 속에서 아이스크림도 슬쩍 나왔다. 나 먹으라고 냉동실에서 꺼내온 것들.

스크류바를 입속에 넣고 나선을 녹이면
허물어지는 것들에도 연緣이 있었다.

그해 여름, 어린 나는 머리가 아팠다.
급하게 찬 것을 빙빙 돌려서.

앞니에 닿는 딸기 기둥이 바스러질 때 아이스크림 속 흰 기둥이 슬쩍 보이고 그때 나는 그 사람의 눈을 마주보았다. 나를 보는 그 사람의 눈에 내가 있었다. 그리고 입안엔 들큼한 단물이 가득 차올라 서늘해진 혀로 사랑한다고 말하지 못했다.

## 1

사박사박 아름답게 스치는 소리. 손톱 같은 게 상자 속에서 흔들리면서 볕에 잘 말린 멸치 특유의 소리를 낸다. 아주 작은 크기의 은화 같은 거. 떼로 헤엄치던 푸른 기억 같은 거. 사박사박 이 소리엔 햇살이 있다. 반찬가게를 하는 엄마와 시장에 가면 멸치를 고르는 데 제법 많은 시간을 쓴다. 다시용 멸치에서부터 각종 볶음용까지 굵기와 색깔, 습도, 모양, 원산지 등을 꼼꼼히 살피며 엄마는 손끝으로 멸치를 만진다. 질 좋은 멸치를 싸게 산 날은 엄마가 유난히 웃는다. 엄마가 웃으면 배가 따뜻해진다. 그래서 손끝으로 엄마가 멸치를 만질 때 나는 이번엔 좋은 멸치를 만나게 해줘요 기도한다. 저렇게 작은 게, 세밀한 게, 반짝이는 게, 우리 가족 전부를 먹여 살렸다. 웬만해선 오 센티미터를 잘 넘지 않는 게, 손톱보다 작게 은빛으로 반짝이는 게, 우리 가족을 구했다. 그 덕에 학교도 다녔다. 그래서 나는 멸치라는 바닷물고기가 늘 애틋하고 미안하고 사랑스럽다.

집안이 폭삭 망하고 우리 가족은 뿔뿔이 흩어졌다. 그러다 돈을 어찌어찌 겨우 모아 엄마는 할머니 집 앞으로 돌아왔다. '엄마, 나 엄마 집 앞에서 반찬 만들래.' 돌아온 엄마는 할머니에게 이렇게 말했고 할머니는 말없이 고개를 끄덕거렸다. 할머니 집 맞은편엔 작은 시장이 있는데 엄마와 아빠는 여기에 아주 작은 가게를 열게 되었다. 그후로 수십 년, 엄마와 아빠는 반찬을 만들며 지금까지 용감하게 살고 있다. 하지만 노동의 강도가 지나치게 높아서 나는 늘 간판만 봐도 가슴이 아프다. 할머니도 그랬다. 말년의 할머니는 딸을 보면 마음이 아프다며 가슴을 쿡쿡 눌렀다. 그러면서도 매일 엄마 가게에 들렀다. 아픈데도 매일 들러서 아픈 걸 봤다. 참 이상하지, 사랑은 그렇게 묘한 방식으로 지속되는 애틋한 마음의 운동.

나랑 할머니는 둥근 플라스틱 의자에 앉아서 엄마가 갖가지 반찬을 만드는 걸 보고는 했다. 특히 나는 엄마가 멸치를 볶을 때 이상한 기대감에 부풀곤 했는데 그건 순전히 멸치의 아름다운 빛깔과 달궈진 팬 위에서의 우아한 궤적 때문이었다. 은빛 멸치를 팬에 올리고 볶기 시작하면 엄마의 손짓 한 번에 애들이 튀어 올랐다. 팬 위에서 차글차글 소리를 내면서 공중으로 획획 떼로 날아가는데 그 모습이 자유로운 헤엄 같았다. 저렇게 떼로 움직이며 살아갔겠지. 무엇보다도 나는 멸치의 빛깔이 좋았다. 은화 같은 멸치들이 몇 분 사이에 팬 위에서 금빛으로 눌어붙었다. 그럼 좀, 덜 가난해 보이는 기분이었다. 그럼 좀, 할머니가 덜 슬퍼할 것 같아서 그럼 좀, 환기를 할까요? 명랑하게 말하고 가게 문을 활짝 열고 볕을 쬐었다. 그렇게 삼대三代가 멸치 냄새로 매캐한 가게에서 가슴 졸이며 서로를 훔쳐보았다. 생각해보면 그때의 햇빛, 은빛, 금빛도, 낡은 팬도, 멸치도, 물엿도 할머니 백발도 돌이켜보면 모든 게 햇살 속에 있었다. 그 모든 게 사랑의 풍경이었다.

2

울릉도라는 말은 언제 들어도 어감이 빼어나다. 그 말의 유래나 (울릉도: 우루마, 왕이라는 뜻에서 한자어로 병합되었다고 한다) 역사는 알지 못한 채 '울릉'이라는 소리만 들어도 리듬이 열린다. 울릉울릉. 넘실대는 파도의 율동에 섬을 뜻하는 '도島'가 붙어서 울릉도울릉도. 당장 자전거를 타려는 아이를 겨우 달래며 자리에 잠시만 겨우겨우 앉힌 것 같다. 울릉울릉. 듣기만 해도 일어서는 꿈. 엄지발가락아 양말을 뚫고 섬처럼 솟아라! 예전에는 이 섬을 순전히 발음 때문에 좋아라 했는데 우연히 어떤 이야기를 들은 뒤로는 이 이야기 덕분에 좋아하게 되었다. 공원에서 농구를 하다가 한 청년을 만났다. 공원 벤치에서 잠시 쉬는 그 짧은 시간 동안 그는 갑자기 자신이 울릉도 출신이라며 이런 이야기를 들려주었다.

다시 가고 싶어요. 거기 쭉 살았어요. 매일 하는 일이 전속력으로 달려서 바다 속으로 풍덩 들어가는 거였죠. 할머니가 해녀라서 그랬어요. 할머니를 기다리다가 심심해지면 나도 물질한답시고 바다에 누워 둥둥 떠다녔죠. 수영장이랑 달라요. 물의 빛깔이 달라요. 수영장 물에는 아무것도 없잖아요. 그거 알아요? 울릉도에선 헤엄치다가 갑자기 발밑이 환해질 때가 있어요. 바닷속에 불이라도 켠 것처럼 무더기로 빛이 확, 솟아올라서 턱밑이며 콧구멍까지 환해져버리죠. 은빛으로 참방참방 귀가 울려요. 그게 뭐냐면, 엄청난 수의 멸치떼예요. 가까이 가면 멸치떼가 차찻차 차찻차…… 빠른 속도로 정강이를 스치며 지나가요. 그럼 신이 나서 멸치떼를 쫓는 거예요. 매번 봐도 그 장면은 아름다워요. 정말 그땐 낮인데도 바다가 환해요.

뼈

1

가게에서 엄마가 전복을 손질하고 있었다. 도마 옆에 소쿠리가 반짝거렸다. 이게 다 뭐야? 전복이야. 껍데기 예쁘지? 세상에 나 이렇게 예쁠 일인가. 은은하게 청록이 도는 은빛이었다. 거울로 써도 될 만큼 반들거려서, 아니 이걸 그냥 버려?라고 물으니 대부분 그렇다고 했다. 옛날에는 이게 너무 곱고 예뻐서 사람들이 자기 집에 이어붙였어. 그게 자개농이야. 새까만 농에 하나씩 덧댄 거. 참 예쁘지. 응 예쁘다. 너무 곱고 환하다. 얘들은 꼭꼭 안에 숨어 살면서 지들끼리 이런 거 보며 살았던 거야? 이렇게 환하고 예쁜 걸 숨겼던 거야?

2

이제 엄마의 손은 완전히 망가져버렸다. 엄지는 장조림을 하도 찢느라 쇠뿔처럼 하늘로 굽어버렸고 손톱 밑은 고구마줄기를 매일 벗겨서 새카만 갈색으로 물들어버렸다. 아빠도 손 모양은 만만찮다. 관절염으로 손가락이 돌아가버렸다. 관절이 음표처럼 튀어나와서 손을 잡으면 손마디가 자꾸 걸린다. 두 사람은 그걸 보며 깔깔 웃는다. 너무 낙천적인 사람들이 서로를 놀린다. (손톱 밑이 까맣게 물들었으니까) 너는 어디 가서 매장이라도 하고 왔니. (동그랗게 굳은 관절을 쳐다보면서) 아니 그럼 당신은, 당 떨어져서 손가락에 알사탕을 그렇게 박았대? 그러고서 이 부부는 식당에 가면 식탁 밑으로 자꾸만 손을 숨긴다. 흉하다고, 남들 보기에 불쾌하다고, 무릎 위에 단정하게 손을 숨긴다.

## 사우나

잘못 보면 사람들이 울고 있는 것 같다. 습식사우나라면 더하다. 촛농처럼 보인다. 조용히 들어가서 자리에 앉는다. 모래시계 하나를 견딜 수 있느냐 없느냐, 그건 얼굴을 닦는 횟수를 보면 가늠해볼 수 있다. 지나치게 얼굴을 자주 훔쳐내거나 팔이며 다리를 심하게 털고 있다면 그 사람은 금방 나갈 확률이 높다. 진정한 강자는 조용히 앉아서 어깨나 슬쩍 돌린다. 안개가 가득한 습식사우나도 좋고 바싹 마른 건식사우나도 좋다. 어느 쪽이든 이렇게 벌거벗은 채 모르는 사람과 나란히 앉아 있다는 사실, 이 점이 묘하게 신비롭다. 몽글몽글 안개가 피고 땀방울이 흐르고 우리는 맨살로 쓴 시나 소설, 혹은 꿈에 가깝다.

예전에 세계테마기행—핀란드 편을 보다가 핀란드인들의 사우나 사랑을 볼 수 있었다. 그중 인상적인 이야기가 있었다. 불과 한 세대 전만 해도 핀란드처럼 아주 추운 곳에서는 사우나가 매우 중요한 공간이었다는 것. 즉 집과 집 사이의 거리가 너무 멀어서 사우나는 비상시에 요긴한 곳이었다. 특히 집안의 어른이 갑자기 사망하거나 다급한 출산이 시작됐을 때 핀란드인들은 사우나에 불을 지펴서 아이를 낳거나 시신을 깨끗이 닦아줬다는 것. 그렇게 죽음과 탄생이 교차하는 장소가 있다. 죽은 나무로 불을 지펴 열을 얻는 곳. 누군가는 태어나고 누군가는 멸하고 산 사람의 육체는 번들거리고. 아주 매서운 추위 속의 나무 집 하나 위태롭게 맨몸들을 지키고 있다. 그렇게 우리는 가혹한 환경에서도 기어코 뜨거운 환대의 장소를 만들어 벌거벗고 나란히 걸터앉는다. 안부를 묻고 땀 흘리며 맑게 웃는다.

sans couleur. 프랑스어로 무채색. '색couleur'이라는 명사에 '없음'을 뜻하는 전치사sans가 결합되어 만들어진 말. 이 말은 자세히 보면 참 이상한데 직역하면 '없는 색'이라는 뜻처럼 보인다.

색이 없는데 색이라고 불리는 색.

있지만 없는 색.

없지만 있는 잔여의 색채.

얼마 전 공업단지를 걷고 있을 때, 버스정류장이 소란스러웠다. 몇몇 청년들이 버스 노선을 손으로 짚으며 더듬더듬 살피고 있었다. 시내로 가는 노선을 찾는 듯했는데 상당히 곤혹스러운 얼굴이었다. 주변에는 사람들이 가득했지만 대부분의 한국인은 도시에서 외국인 노동자를 못 본 척한다.

켄두: 나는 나의 나라가 싫어. 가난하니까. 네팔은 높이 빼고 다 가난하니까.

바크티: MJ, 나는 많이 노력했어. 그런데 이 대학에서 한국인 친구를 거의 사귀지 못했다. 아마 내가 우즈베키스탄 사람이라서 그런 것 같다. 백인들은 매우 빠르게 친구를 사귄다. 모든 것은 외면surface 즉, 살skin이 문제다.

짠티레꾸엔: 선생님, 얼마 전에 일하는 곳에서 한국 아저씨와 결혼하라는 농담 들었습니다. 너무 화가 나고 가슴이 아팠습니다. 저는 이제 스물, 대학생인데요.

## 삼우三虞

사순절 첫날 성당에선 종려나무 가지를 태워서 그 재를 묻힌 손가락으로 이마에 십자가를 그려줘. 그때 신부님이 이 말을 해줘. "사람아, 흙에서 왔으니 다시 흙으로 돌아갈 것을 기억하여라." 이 말을 들으면 이상하게 눈물이 난다? 아빠 묻고 올 때 참 힘들었거든. 너무 이상하잖아. 가장 사랑했던 사람이, 그 형상이, 하루아침에 흙이 된다는 게. 나는 일단 사람을 땅에 묻는다는 걸 받아들이는 게 너무 힘들었거든. 그런데 그러고 나서 그해 사순 때 저 말을 듣는데 그렇게 눈물이 나대. 몇 번을 주저앉고 발을 디디며 장지까지 우리는 겨우 걸었어. 엄마랑 언니랑 흙에 찍힌 발자국. 비 오던 삼우였어. 돌아보지 않고 오는 게 힘이 들었어. 안 보고 와야 멀리 훌쩍 떠나간다고. 그래, 나는 정말 많이 사랑받았지. 그 덕에 구김살 없이 잘살고 있지. 흙에서 흙으로, 흙에서 나무로, 나무에서 재로, 흔들리는 종려나무의 푸른 길처럼. 친구는 그렇게 고요하게 말했다. 그는 지금도 양팔을 벌린 채 사람들을 용감하게 끌어안는다. 나는 그의 아버지를 그렇게 만난다.

## 선글라스

    엄마랑 같이 데이트를 가던 길이었다. 운전을 하던 엄마는 터널을 지날 때 갑자기 짜증을 내며 이렇게 말했다. 아니, 터널을 이따위로 지으면 어떡해! 조명이 약해서 하나도 안 보이잖아! 놀란 나는 입을 벌리고 이렇게 말했다. 엄마 우선 선글라스부터 벗어요. 엄마가 깔깔깔 자지러지게 웃더니 내가 신을 원망할 때도 이렇게 했다고, 터널을 나가면서 말했다.

## 설렁탕

가끔 부모님이 가게 일로 밥도 못 먹고 아주 늦은 시간에 마치게 되는 날이 있다. 그런 날에 두 사람은 설렁탕집에 가서 뜨끈한 국물을 먹고 집으로 왔다. 종일 남의 밥만 차리다가 뽀얀 국물을 먹고 오면 이상하게 기분이 좋다는 거였다. 설렁탕은 왜 이름이 설렁탕이야? 물으면 엄마는 명쾌히 즉답을 했다. 이 탕은 아주 오래전 극도로 추운 지방에서 만들어졌는데 끓이는 시간이 하도 오래 걸려서 걸어둔 국솥에 눈이 자꾸 빠졌지 뭐니. 그래서 설ㅡ렁, 눈의 수렁이란 뜻. 흰 탕 속엔 눈의 흰빛도 녹아 있겠지.

나는 이 이야기를 중학생 때까지 정말로 믿었다. 알고 보니 우리 집안의 장난꾸러기께서 마음껏 지어낸 이야기였다. 마음껏 지어낸 이야기 속엔 늘 시가 있다. 시 속에는 사실이 없어도 진실은 있다. 지금도 내게 설렁탕은 겨울의 음식. 눈의 흰빛처럼 뽀얗고 파가 어울리는 것. 늙은 부모와 나란히 설렁탕을 먹는다. 겨울에는 파도 한층 달콤해진다. 탕湯은 본디 나누어 먹는 마음에서 비롯된 조리법. 가난한 시절엔 여럿이 함께 먹어야 했다. 독식이 아니라 공식共食. 함께 살아가는 꿈. 그것은 가축을, 마음을, 죽은 육체와 살점을, 슬퍼하며 한데 섞어 삼키는 일이다. 그래서 '탕'은 '국'의 높임말이기도 하다. 국보다는 격이 높은 국물이란 것. 이런 건 대개 시간과 품이 많이 든다.

## 설맹雪盲

맨눈으로 장시간 적설積雪을 보다가 시력을 잃게 되는 경우가 있다. 처음에는 눈이 시리고 눈물이 흘러 눈을 좀체 뜨기가 어려운데 서서히 시야의 중심이 어두워지면서 한동안 앞을 볼 수 없게 된다고. 대부분 이삼일 누워서 앓으면 시력은 돌아오는데 중증인 경우는 눈을 감고도 상당한 시간을 들여야 아주 느리게 시력을 되찾을 수 있다고 한다. 한 학자에 의하면 이렇게 시력이 돌아오는 건, 이월에 눈이 녹아내리는 속도와 같다고.


너무 맑은 사람.

빛.

물과 목소리.

사랑하는 얼굴.

꿈.

신의 피아노.

이처럼 극도로 아름답고 순정한 것은 우리의 기관器官을 철저하게 파괴시킨다. 그래서 우리는 아름다움을 분산시켰다. 눈眼으로 견딜 수 없다면 아름다움을 나누자. 그후로 그것이 밀주처럼 태어났다. 그것은 눈 쌓이는 소리보다 고요한데 귓속에서는 화산보다 크게 울리고 그것은 꽃 하나 없이 백리를 넘어 사람들 마음에 맹렬하고 은은한 향기를 찌른다. 그렇게 귀로 보고 눈으로 듣는 음악이 생겼다. 마음을 열고 깊이 맡는 향기가 생겼다. 지금도 우리는 눈으로 그 노래를 듣는다. 우리는 그것을 시라고 한다.

## 성체聖體

빵은 순수한 밀가루로 빚고 새로 구워 부패의 위험이 전혀 없어야 한다.

포도주는 포도로 빚은 천연의 것으로 부패하지 아니하여야 한다.

—교회법, 제924조 중에서


1

친구를 따라 맨 처음 성당에 갔을 때 나는 단숨에 미사에 매료되었다. 이렇게 많은 사람이 한자리에 모여 동시에 기도를 하고 있다니. 모든 것이 엄숙하고 진중해 보여서 나는 자꾸 두 손을 앞으로 모았다. 이윽고 신부님이 동그랗고 흰 것을 집더니 반으로 갈라 잔에 빠트리고 마셨다. 나는 줄에 떠밀려 앞으로 나가서 사람들과 똑같이 흰 것을 받아먹었다. 그것은 혀에 닿는 순간 허물어졌다. 무색무취의 순순하고 밋밋한 밀가루. 미사가 끝나고 나서야 내가 먹은 게 성체였다는 사실을 알게 되었다. (물론 세례를 받지 않은 사람이 그걸 먹어서는 안 된다는 사실도) 그리고 나는 그 말을 듣자마자 입술을 만졌다. 난생처음 내 입에 닿은 신의 몸.

신의 맛은 이렇게 고요하구나.
단정하게 눈처럼 녹아 없어져, 모두의 몸속으로 퍼지는구나.

사랑은 언제나 분해되고 용해된다. 찢겨지고 나누어지고 녹아 없어지는 것. 성체를 쪼개던 신부의 손이 생각났다. "받아먹어라. 이는 내 몸이다"(「마태복음」 26장 26절). 어느 늦은 밤 자신을 외면할 사람들에게 빵과 포도주를 나누어주던 신의 마음. 그렇게 사랑은 거대하구나. 찢겨지고 조각나서(빵) 녹아 없어질(포도주) 자신의 미래를 받아들이는 일. "이는 너희를 위하여 내어주는 내 몸이다. 너희는 나를 기억하여 이를 행하여라"(「누가복음」 22장 19절). 생각해보면 나를 키워준 사람들은 모두 그랬다. 대신 울고 가슴 치고 아파하면서 기꺼이 신장을 떼거나 무릎을 꿇었다. 그렇게 전부를 걸고 타인에게 미래를 주는 것. 장기를 주고 삶을 주고 수술실 앞에서 발을 동동 구르며 창백해지는 것.

애야, 자자, 이거 같이 얹어 먹어라.

김치를 죽죽 찢어서 흰 쌀밥 위에 가지런히 올려주던 집게손
가락.

암을 숨기고 식당 일을 했었던 엄마.
몸을 숨기고 나를 보던 골목의 엄마.


수술실 앞에서 무릎을 꿇고 어쩔 줄 몰라서 수백 번 가슴을 치
고 울던 아버지.
죽은 동생을 찾아서 발이 터질 때까지 강가를 헤맸다던 어린
아버지.


전쟁통에 죽은 아기를 안은 그대로 경북까지 울면서 걸어왔
었다.
그때는 다 그랬다. 울거나 다친 채 가장 귀한 걸 들고 냉큼 내
려왔었지.


폭력적인 친부를 부둥켜안고 사랑한다고 외쳐댔던 나의 비
구니.
결국 그 사람도 내가 안아야만 했어요. 그 사람이 나고, 내가

그였으니까.

찢겨지고 조각나고 흩어진대도 용감하게 사랑했던 나의 사람
들. 지금도 가슴에 손을 얹으면 그들이 있다. 그 박동을 의사는
들을 수 없다.

2

한낮에 작은 숲에서 깨어났지. 눈에서 빛이 뚝뚝 떨어지는 거
야. 눈물인가 했는데 그게 아니라 백합이 눈과 코로 툭툭 피어 나
오는 거야. 예쁘네, 하고 혼잣말했지. 고마워, 하고 누군가 조용
히 답했어. 숲을 천천히 걸어나오는데 순한 아기 코끼리가 보였
고 그 아이 회색 등을 쓰다듬다가 사방에서 뿜어져나오는 솔향
기를 맡았어. 그렇게 숲을 빠져나오니 작은 성당이 보였어. 아주
아름다운 오렌지색 불빛이었어. 조용히 성당 안으로 들어서니
까 초에 불이 환하고 빛이 가득한 거야. 걸어야겠다. 이 길은 내
길이야. 이런 생각이 들어서 앞으로 갔어. 십자가 앞까지 다가가
니까 신부님이 이마에 손을 얹더니 내게 입을 활짝 열라고 했어.
아- 하고 입을 한껏 벌리자 새하얀 성체를 입안에 내려놓았어.
나는 그걸 꿀꺽 삼키고 꿈에서 깼어. 며칠 뒤 산부인과에서 너를

뱄다는 사실을 알게 되었어.


　그때 예쁘네, 하고 내가 혼잣말했을 때
　고마워, 하고 답한 게 바로 너였지?


　너는 몰라도 그건 분명 네 목소리였어. 엄마는 알아. 엄마니까. 엄마는 들려. 네 시에서도 간혹 그 목소리가 들려. 시 같은 거나는 잘 모르지만 그건 엄마만이 들을 수 있는 네 목소리야. 그때 삼킨 성체가 얼마나 가벼웠는지 얼마나 작고 둥글고 소중했는지 아무튼 그거 삼키길 참 잘했지? 내 성격답게 통째로 냉큼 받아 삼켰지.

## 소주

사물의 끝의 끝이 있다면 이런 게 아닐까. 제분製粉을 넘어 탁주의 뿌연 안개를 거둬 순백보다 가벼운 무로 넘어갈 때 쌀이 넘는다. 장대를, 미분의 시간을, 그토록 맑다는 청주조차 가벼이 넘어서 순도 높은 불에 곧 데고 마는 것.

그러니까 한번은 공기가 될 뻔했었던
증기였던 쌀의 꿈. 곡물의 막바지.

투명한 증류식 소주는 그렇게 빚는다. 그러니까 마시면 목이 불타버리지. 심장이 뛰고 코끝에는 불이 켜지지. 증류란 건 그런 거지. 간절한 일이지. 허공에 뜨려는 귀신의 바짓가랑이를 붙잡아 한 방울 한 방울씩 모아내는 것. 그러니까 마시면 제정신일 수 없지. 백수광부처럼 투명한 강을 건너고 싶지. 마시면 자꾸 말과 정신이 흩어져버리지. 훨훨 날아 죽은 사람들을 만나지.

## 손목

아무리 생각해도 환상적인 면이 분명히 있다. 내가 동양인임에도 동양은 그렇다. 특히 진맥이라는 환상적인 촉진법이 있다는 것. 나는 이 점을 생각할 때마다 손끝이 간질거리고 자꾸만 시가 쓰고 싶다. 어떻게 옛사람들은 '사람의 리듬'을 읽을 생각을 했을까. 그 속에서 어떤 성질을 발견하다니, 이토록 아름다운 세계관이 있을 수 있을까. 무엇보다도 이 모든 과정이 '손목'이라는 연약한 부위에서 이루어진다는 사실이 눈부시게 아름답다.

그래 맞아. 손목은 귀한 부위지.
긋는 자리가 아니라 닿고 느끼는 자리지.

대구에는 약전골목이라는 아주 오래된 골목이 있다. 이 길은 온갖 한약방으로 가득했는데 이미 초입부터 감초 냄새며 구수한 한약 냄새가 진동을 하는 골목이었다. 동성한약방, 백초당한약방, 청신한약방. 정신없이 한약방 이름을 따라 읽으며 할머니 손을 쥔 채로 걸었다. 그 길을 걷기만 해도 한약 냄새 때문에 몸이 슬슬 데워지는 기분이 들었다. 할머니의 단골 한약방은 규모가 꽤 컸다. 약제사 뒤로 거대한 나무 서랍장(약재함)이 보였다. 그 서랍 속엔 온갖 약재들이 담겨 있었는데 늙은 약제사는 할머니가 건넨 쪽지를 읽고 망설임 없이 서랍을 슥슥 당겼다. 아니 어떻게 저 많은 서랍 속에서 필요한 것들만 꺼낼까. 그는 저울 위에 약제를 놓고 은빛 추로 무게를 재고 기록을 했다. 사각사각. 지금은 기억나지 않는 말. 모든 것을 종이에 싸주던 시절이었다. 그걸 꼭 안고 할머니랑 걸었다. 가슴팍에서 감초가 피어날 것 같았다.

눈이 오는데

토방에서는 질화로 위에 곱돌탕관에 약이 끓는다

삼에 숙변에 목단에 백복령에 산약에 택사의 몸을 보한다는 육미탕六味湯이다

약탕관에서는 김이 오르며 달콤한 구수한 향기로운 내음새가 나고 약이 끓는 소리는 삐삐 즐거웁기도 하다


그리고 다 달인 약을 하이얀 약사발에 밭어놓은 것은

아득하니 깜하야 만년萬年 옛적이 들은 듯한데

나는 두 손으로 고이 약그릇을 들고 이 약을 내인 옛사람들을 생각

하노라면

내 마음은 끝없이 고요하고 또 맑어진다


—백석, 「탕약」 중에서


"삼, 숙변, 목단, 백복령, 산약과 택사." 인삼을 빼고는 본 적도
없는 여섯 식물이 "육미탕" 속에 들어가 있다고 백석은 말한다.
여기서 나는 헤아리는 마음을 본다. 식물의 이름을 일일이 기록
하고 그 수를 헤아려 약재화藥材化하는 인간의 태도를 본다. 동양
식 의학은 그렇다. 아주 느리게 조화를 생각하며 '몸을 일으킬' 상
상을 하는 것. 이건 절취하고 분리해내는 서구식 의학과 분명하
게 대비되는 지점이 있다. 그렇게 "몸을 보한다는" 아름다운 말
이 있었다. 보약이라는 새까만 식물의 즙이 있었다. 약탕기 속에
약물이 아주 느리게 끓을 때 넘치지 않고 증기만 폭폭 꽃처럼 필
때 할머니는 숯만 계속 들여다보았다. 넘치지 않도록 약탕을 달
이며 마음이 닳도록 몸져누운 사람의 손목을 생각하면서.

한의사는 검지와 중지로 손목을 짚더니 내 속이 얼음장처럼 차다고 했다. 이러니까 장염도 자주 걸리죠. 명재씨는 온기가 필요해요. 양의 기운이 도는 음식을 드셔야 해요. 선생님, 따뜻한 음식과 차가운 음식을 잘 모르겠어요. 이를테면 삼겹살은 찬 음식이고, 삼계탕은 뜨거운 음식이에요. 녹차와 녹두는 차갑고 미나리는 따뜻해요. 선생님…… 들어도 잘 모르겠는데요?

겨울을 이기고 자란 게 양의 기운이 많아요.

그러니까 먹었을 때 뱃속 깊은 곳에서 차곡차곡 채워지는 기분이 든다면, 볕을 많이 함유한(?) 느낌이 든다면, 땀이 난다면 그게 바로 양陽이에요. 몸이 먼저 알아요. 이해하기도 전에. 먹었던 것들을 하나씩 떠올려봐요. 쑥이나 마늘, 생강, 대추, 계피 같은 거. 그거 먹고 나면 몸이 데워졌었죠? 볕이 느껴졌죠? 땀도 약간 흘렸죠? 그런 것들이 명재씨 몸에 맞아요. 반대로 여름에 나는 것들은 음기가 많아요. 예를 들면 수박 포도 참외는 차요. 시원한 메밀도 얼음 낀 맥주도 차가운 거죠. 알기 전에 몸이 먼저 앞서서 알아요. 대부분의 약재는 자라난 환경과는 반대되는 성질을 가지곤 해요. 이겨낸 거지요. 스스로가 살기 위해서 추운데서 악착

같이 밝아진 거죠.


　그럼 제 속이 이렇게 얼음장 같은 건

　저를 키운 사람들이 너무 따듯해서인가요.


　그런 말은 하나도 묻지 못한 채 탕약을 달이던 할머니 모습만

생각한다. 있는 힘껏 약을 짜던 할머니의 뒷모습. 사랑은 어금니.

팔목의 근육. 사발 속 검정. 그리고 꼭 함께 주던 누룽지 사탕도.

## 송이

너무 향기로운 버섯을 발견했지 뭐야. 솔숲에서 튀어나온 머리를 봤어. 칼로 가르면 화선지보다 하얗게 열린대. 이걸 씹으면 노루도 눈이 커다래질걸. 하얀 것, 귀한 것, 작고 강한 것, 그런 것들의 뒤편에 '송이'라는 말을 붙이자. 밤송이. 가을을 세는 귀여운 단위. 포도송이. 한여름 쨍한 빛의 저장고. 송이송이 영글 수 있는 모든 얼굴을, 사라지고 말 것을 송이라 부르자.

꽃송이.
꽃잎이 이루는 한 움큼의 공동체.
눈송이.
한데 엉겨 꽃송이처럼 내리는 눈.

눈을 헤아리는 최소의 단위는 '–송이'가 아닐까. 사라질 것들을 이르는 최소의 단위. 손바닥에 떨어진 눈송이를 본다. 눈의 결정 속엔 꽃무늬가 새겨져 있다. 누가 (눈)송이에 (꽃)송이를 숨겨둔 걸까. 가장 차가운 곳에 봄의 문양이 숨어 있다니 그건 포기를 모르는 마음 같구나. 한겨울에도 살아 있는 마음이 있다고. 그건 죽지 않는 사랑을, 연속된 계절을, 자연계에는 포기가 없음을 말하고 있다고.

그렇게 어둠 다음 빛이 있다고. 고통 속에도 등불처럼 타오르는 얼굴이 있다고. 한겨울, 나는 너무 보고 싶었다. 눈眼을 크게 뜨고 눈雪을 들여다보고 있으면 결정 속에 꽃무늬가 슬쩍 보였다. 그건 성에도 이불에도 벽지 위에도 내 얼굴 위에도 소리 없이 피어 있었다. 할머니, 아프지 마. 손을 꼭 잡은 채 떡집 앞을 지날 때 내가 말했다. 할머니는 물끄러미 나를 보더니 대답은 않고 꿀떡을 입에 넣어주었다. 나를 보는 할머니 눈에 내가 있었다.

## 수건

이 수건은 하도 오래 썼더니 물방울이 제대로 닦이지 않네. 한 여름 아빠가 샤워를 마치고 머리를 털면서 중얼거렸다. 참 신기하지 않니, 살에 섬유가 닳는다는 게. 오래 쓰면 수건도 지친다는 게.

## 수국

수국은 꼭 편지지가 타들어가는 것처럼 꽃잎의 끝이 연하게 갈변하는데 그게 이 꽃이 지는 묘한 방법이라고 한다. 그걸 보면 오월도 다 지나간 것이다.

## 스티로폼

썩지 않는 시절이 있다. 고기 같은 거, 보온과 보냉이 필요한 것들을 감싸는 흰 방. 단칸방에 살던 시절 우리 가족은 겨울이 오면 커피포트에 물을 끓여 세숫대야의 찬물과 섞어 머리를 감았다. 그러지 못한 날에는 물이 너무 시려서 동생과 나는 비명을 꺅꺅 질러대면서 부엌에 쪼그려앉아 머리를 감았다. 그렇게 겨울에 머리를 감는 건 방학 숙제보다 오래 미루고 싶은 일. 그때의 나는 부엌에서 머리를 감는 게 부끄러워 친구들에겐 집 주소를 숨기곤 했다.

하지만 나는 단호하게 말할 수 있다. 그때 나는 한줌도 불행하지 않았다. 몸은 춥지만 겨울은 정말 따듯하구나. 사람과 사람이 포개지면 그게 보온이구나. 좋은 부모, 좋은 사랑은 그런 걸 해낸다. 캄캄한 환경을 넘어설 무릎과 용기를 주는 것. 그때 우리가 살던 집은 너무 좁아서 가족 넷이 누우면 어깨가 겹치곤 했는데,

나는 그게 정말이지 행복했다. 매일 밤마다 가족이 나란히 꼭 붙은 채로 종알종알 떠들다가 잠들곤 했다. 그때 그 커피포트가 얼마나 귀중했는지. 그러니까 그 조그마한 커피포트는 우리 삶의 온기였고 희망이었고 어쩌면 끝내 우리 가족이 버릴 수 없었던 우아優雅의 한 조각이었는지도 모른다.

그리고 나는 지금도 커피포트를
끓일 힘이 있기에,
보일러boiler라고 믿는다.

너무 추운 날엔 벽 위에 손을 얹었다. 그럼 좀 덜 춥다는 느낌이 들었다. 사실 그건 벽이 아니라 스티로폼 단열재였고, 그것이 드러난 자리에 손바닥을 올리고 있으면 천천히 열이 번지는 게 느껴졌다. 아마도 그건 작은 나의 체온이었겠지. 내가 나를 지필힘이 되는 거구나. 어린 나는 그런 걸 그 집에서 배웠다. 한참이지나 컵라면을 먹으며 생각한다. 그때의 그 흰 벽을, 빼곡한 집안을, 오백 년이나 썩지 않는다는 물질을.

스티로폼은 보온과 보냉, 단열과 완충에 탁월한 기능을 지니고 있다. 보온 보냉 단열 완충. 중얼거린다. 본디 이 물건은 아름답게 쓰려고 만들었구나. 지금은 썩지 않아 골칫거리가 되어버린 것. 그러나 한때 분명 이것이 우리를 지켰다. 이것이 우리의 벽이었고 지붕이었고 이것에 기대 엄마와 아빠는 시절을 견뎠다. 그렇게 작은 방에 넷이 붙어살면서 나는 참 많이도 웃었다. 그 당시 동생은 매일 이렇게 말했다. "같이 사니까 이렇게 좋고 좋잖아." 가족이란 건 같이 살아야 제맛이란 걸 그때 우린 밀도로 알 수 있었다. 나란히 누우면 발가락이 마흔 개나 돼. 그 방 천장엔 야광 별도 붙어 있었다. 그건 우리 이전에 살던 가족이 붙인 거였다.

 말린 식물은 재가 되어 타들어가면서도 이토록 짙은 향기를 쥐고 있구나.


 뜸을 들이는 것과 뜨는 것은 다른 일이지만 비슷하다고 느껴질 때가 있다. 나는 한의원만 가면 운다. 이상한 일이다. 전생에 『동의보감』이라도 쓴 건지. 아님 이제마의 노비였나, 약초꾼이었나? 그것도 아님 지천에 피던 감초였나. 온갖 상상을 펼치며 뜸을 뜨고 있으면 도착하는 이미지들이 있다. 그건 나를 키워준 이들의 너른 손바닥. 온화하고 부드럽게 펼쳐지던 새. 그 새들이 하나같이 내 배를 감쌌다. 배탈이 잦던 어린 내가 웅크리고 있으면 날개를 펼치고 나를 바로 눕혀주었다. 그렇게 가만히 자리에 누운 채 몸에서 몸으로 슬며시 온기가 넘어오는 걸 느꼈다. 그러는 한편 그들의 수명이 건너오는 건 아닐까. 쓸데없는 걱정을 하기도 했다.

낮고 행복한 아이의 시간이었다. 슬하라는 눈부시고 아름다운 말. 무릎 슬膝 자에 아래 하下. 무릎 아래의 시간. 이토록 '아름다운 높이'를 표현하는 말을 나는 본 적이 없다. 그러니까, 나는 할머니의 슬하에서 자랐다. 나는 비구니의 무릎을 보면서 컸다. 지금도 나는 시의 슬하를 붙잡고 있다. 낮게 볼 때 보이는 어떤 풍경들. 민들레가 태양보다 크게 보이고 손을 뻗으면 할머니의 바지가 곱게 잡혔다. 그 무릎을 베고 누운 채 눈을 감으면 할머니가 맷돌을 돌리듯 배를 쓸어주었다.

이제 나는 한의원에 혼자 누워서 보호자 없는 세상의 형광등을 보고 있다. 보호자. 수호자보다는 가깝고 낮은 말. 가장 여린 것의 곁을 지켜주던 사람들. 몸이 심하게 아파서 매일이 병원이었다. 눈을 뜰 때마다 엄지발가락 아래쪽에서 보호자들이 얼굴을 들고 환하게 울었다. 그 기억을 하나씩 꺼내보는데 뱃가죽이 갑자기 화끈거렸다. 뜸이란 게 참 웃기지. 이렇게 누워서 피하지도 못하고 견뎌야 하네. 그렇게 연기가 굽는 걸 눈으로 좇다가 배꼽으로 번지는 쑥 향을 맡다가 어느새 뜸이 바닥까지 타버렸을 때, 나는 얼굴 둘레로 눈물이 줄줄 흐르는 걸 느꼈다. 오래 써서 헐거워진 보온병 마개처럼 그 보온병 안에 담긴 맑은 인삼차처럼.

## 안개꽃

 엄마는 늘 졸업식에 오지 못했다. 운동회에도 입학식에도 참관일에도 엄마는 바깥에서 가난과 싸우느라 내 생각만 하면서 그날을 보냈다. 나는 그게 아무렇지도 않았었는데 엄마는 가슴을 쥐고 미안해했다. 그런데 이런 슬픔은 꼭 대물림되는 법. 동생 졸업식에는 어김없이 내가 갔다. 두부처럼 여린 마음이 파헤쳐질까봐 나는 늘 한껏 밝게 찾아갔지만 언제나 가슴 한편 깊은 구석엔 '형이 와서 미안해'라는 마음이 있었다.

 지금에 와서 생각해보면 정작 그런 건 하나도 중요하지 않은 일인데 나는 그저 엄마가 아프지 않길 바랐었는데 덜 지치고 덜 슬프길 바랐었는데 특별한 날마다 엄마는 작은 리본을 묶어 마음의 끈을 나의 약지에 걸어두고서 '오뚜기카레 데워 먹어' 같은 쪽지를 소반 위에 정하게 적어두었다.

그러던 어느 날, 싸늘한 날씨의 졸업식. 나는 문득 이런 생각을 했던 것 같다. 한 번만 엄마가 졸업식에 오면 어떨까. 같이 사진을 찍고 손을 쥐고 꽃다발을 안은 채 교문 밖으로 나가는 건 어떤 기분일까. 졸업식 행사가 서서히 마무리되고 있었다. 바로 그때 한 여자가 복도를 걸어왔다. 사람들이 흘끗대며 여자를 봤는데 여자가 들고 있는 게 좀 이상해서였다. 오로지 안개꽃, 안개꽃, 안개꽃, 안개꽃뿐인 꽃다발. 여자의 꽃다발엔 안개꽃만 있었다. 아주 희고 작은 꽃으로 가득한 다발. 여자는 그걸 들고 내 앞으로 다가왔다. 그때의 백색, 차분한 마음, 내 둥근 눈동자, 평생 꽃다발을 받아본 적 없던 아이의 심장.

여자는 안개를 내 손에 건네주었다. 그리고 활짝 웃으며 이렇게 말했다. "오늘 이 학교를 졸업하는 학생들 중에서 네가 가장 많은 수의 꽃송이를 받길 바랐어. 한번은 이런 걸 나도 너에게 해주고 싶어서, 그래서 이렇게 안개꽃만 한가득 담아." 눈앞이 안개 낀 듯 뿌예졌고 나는 꽃송이와 꽃송이 속에 파묻혀버렸다. 볼과 눈썹에 안개꽃이 빼곡히 닿았다. 그날 우리는 사진기를 깜빡해버렸다. 그 대신 넓은 운동장 앞에서 해진 코트를 입고 오래 끌어안았다. 사랑을 졸업할 수 있을 때까지.

## 안압

감당할 수 없을 만큼의 빛이 쏟아질 때 의사가 반대편에서 말했다. "각막에 무슨 새떼라도 지나간 것처럼 그렇게 생채기가 많아요." 기계 하나를 사이에 두고 마주하는 일. 늙은 의사는 둥그런 안경을 쓰고 있었다. 나는 이상하게 한동네에서 오랫동안 일을 해온 할머니 할아버지 선생님들이 좋다. 지방의地方醫라고 부를 법한 그런 사람들. 가운의 소매며 칼라가 좀 해진 사람들. 이런 사람들은 분명 양학을 공부한 사람들인데 한의원을 하는 것 같다.

물론 눈 위에 새가 내려앉은 적은 없었다. 다만 나는 너무 심하게 책을 읽었나. 얼마 전 밀로라드 파비치의 『바람의 안쪽』을 읽다가 안구에 옅은 통증을 느끼기도 했다. 그 소설 속엔 사브르를 든 남자가 나왔다. 사브르의 검끝이 사람을 찌를 때 내 각막도 심하게 상한 것이다. 또한 얼마 전엔 최승자를 오후에 읽었다. 하필 시집에서 눈을 뗐을 때 접시 위에 가래떡이 놓여 있었다.

  흰빛의 철로, 길쭉길쭉 빛을 튕기는
  밝고 곱고 부드러운 쌀의 좁은 길.

  그 길을 따라가니 할머니가 거실에 있었다. 유독 좋아했지. 쩝쩝거리며 손을 닦고는 가래떡을 아카시아꿀에 찍어먹었지. 여름날엔 보리차와 함께 먹었지. 나를 보며 이리 와라 낮게 불렀지. 다가서자 꿀단지를 보여주었다. 얼굴이 비치니? 네, 엄청 잘 보여요. 그게 바로 좋은 아카시아다. 거울 같은 아카시아가 좋은 아카시아다. 그렇게 한참을 눈 비비다 창밖을 보니 하늘에서 뻥튀기가 쏟아졌던 것.

  동네에서는 상당히 오래된 안과였다. 소파가 모두 엉덩이 모양으로 함몰되어 있었다. 의자들은 소나무처럼 구부러져 있고 훈기가 돌고 간호사 선생님들도 나이가 지긋하셨다. 대개 이런 곳은 노인 환자가 많이 찾는다. 급할 것 없이 앉아서 기다리는 곳. 서로의 무릎을 툭툭 치며 말을 걸기도 하는 곳. 거기서 나는 회색빛 기계에 눈을 대고 빨간 지붕 집을 계속 바라보다가 순식간에 집이 흩어지는 걸 보다가 할머니랑 살던 집이 일렁거리며 언덕 너머로 사라지는 것을 보았다. 바람이 퓽- 하고 눈에 들어왔는데 그건 안압을 재는 과정이라고 했다. 눈에도 압력이 있다니, 힘이 있다니, 무슨 밥솥처럼 느껴져서 듣기 좋았다. 그래그래, 내 눈에도 힘이 있지. 내가 본 게 나를 밝힐 힘이지. 바로 그때 이름이 불려 일어선 것이다. 고명재씨? 네 선생님. 들어오세요.

문을 열면 할머니가 가운을 입은 채 가래떡을 손에 쥐여줄 것 같았다.

## 양피지羊皮紙

인간의 이야기가 살아남을 수 있었던 건 인간의 위대함이나 찬란한 지성 때문이 아니라 순전히 동물들의 등 덕분이다. 우리의 모든 지식과 문화와 전설과 상상은 타인의 살결에 빚진 거라는 사실. 양피지. 이름부터 꿈같은 종이. 손을 대면 울음소리가 들리는 종이. 순한 동물의 살결이 책이 되었다니. 거위의 깃털을 산 채로 뜯어서 속을 채우고 산다니. 이런 생각을 하며 세상을 보고 있으면 시와 소설과 악보와 그림이 달리 보인다. 우리는 언제나 죽음에 빚지고 있는 것이다. 우리는 제대로 읽고 쓰고 들으며 살아야 한다.

그래서인지 최근에 나는 자연 그대로, 그러나 쓸모는 없는 이상한 종이를 상상해본다. 이를테면 방금 벗겨둔 계피나무 껍질에 숨기고 싶은 나만의 비밀을 쓴다. 시간이 지남에 따라 계피나무 껍질은 두루마리 형태로 내용을 지키는 형태로 돌돌 말린다.

이윽고 껍질 위에 써둔 비밀은 물기를 잃어서 수피를 부러뜨려야만 읽을 수 있다. 파괴하지 않고서는 읽을 수 없는 편지. 단 한 번의 봉인으로 끝나는 편지. 그렇게 나는 나무껍질에 시를 써두고 단잠에 드는 아이를 상상한다. 그 시는 후대에 전해질 수 없겠지. 그 시는 결코 되풀이될 수 없겠지. 그러나 그렇게 우리와 함께 썩어 없어질, 토양이 되어갈 문자의 미래를 상상해본다.

4부

날 수 있음에도

이곳에 남은 천사들처럼

어깨

　'새'로부터 우리가 그리 멀지 않다는 것. '-죽지'라는 말을 붙이면 더 그렇게 보인다. 날 수 있음에도 이곳에 남은 천사들처럼 실을 꿰느라 어깨가 굽은 뒷모습처럼. 가만히 앉아서 사람의 어깨를 보고 있으면 모두가 귀하고 선량한 존재인 것 같다.

　오목하고도 유려하게 떨어지는 곳. 사람의 처마, 포개면 기와, 그렇게 동무를 만드는, 그래서 비가 오면 사랑이 가장 잘 드러나는 부위. 우산 밖으로 얼마나 흠뻑 젖느냐에 따라 사랑의 경사傾斜를 지레 짐작해볼 수 있다.

　그래서일까. 어느 시인은 이렇게 말했다. "그 어깨의 곡선을/이기지 못하겠어요"(신미나, 「첫사랑」). 추스를 수 없는 어떤 곡면이 있어서 우리는 사랑한다는 말을 이렇게 에둘러 하고.

그러니 이것은 인간의 가장 아름다운 능선. 빛을 받으면 옹기처럼 반들거리고. 그러나 동시에 알 하나 둘 만한 오목한 자리도 있어서 어깨를 보면 나는 자꾸 감싸고 싶었다. 두툼한 외투를 넓게 덮어주고 싶었다.

## 연근蓮根

가끔 시가 너무 무겁거나 멀게만 느껴질 때 신비하거나 거대한 이야기 같을 때 나는 팔레스타인 출신의 한 나이든 시인이 먹었다는 '아침 밥상'을 생각한다. 그 아침 밥상은 그리 대단한 게 아니다. 시인은 한국에서 일정을 소화하다 사찰에서 하루 묵었는데 그날 아침 밥상에서 동그랗고 단단한 조각을 포크로 찍어먹게 되었다. 맛이 좋아 그것이 뭔지 물어보자 '연근'이라는 대답을 들었고 여기서 시인은 감동하며 호머의 『오디세우스』에 나오는 '연꽃 먹는 사람들의 땅'을 떠올린다. (이 이야기는 자카리아 무함마드의 『우리는 새벽까지 말이 서성이는 소리를 들을 것이다』에 짧은 산문 형태로 수록되어 있다.)

맙소사, 연꽃을 먹는 사람들이라니. 이런 생각을 해본 적이 없었다. 그것도 우아하게 피어나는 꽃의 뿌리를 삶거나 조려서 먹는 사람들이라니. 가만 보면 연근은 모양도 참 수상하다. 구멍이 숭숭 뚫려 있고 흰 그릇에 두면 마치 만화경 속을 들여다보는 것 같다. 연잎에 밥을 싸서 먹기도 하고 여린 초봄엔 민들레 줄기를 무쳐서 먹는다는 사실도 알게 되었다. 단골 식당 할머니가 낫을 들고 갓 자른 민들레를 무쳐주었다. 줄기에선 쌉쌀한 끝맛이 났다. 이거는 약으로도 많이 써!라고 할머니는 말했다. 그럼 연어 살 위에 벚꽃을 올려서 먹으면 어떨까. 파스타에 백합을 한 송이 넣으면. 그렇게 흰 밥에 연근을 얹어 씹고 있으면 일상에 뻥뻥 구멍이 뚫려버렸다. 환상과 신비가 숭숭 드나들었다.

아주 투명하고 얇은 우산 하나를 쥐고 다정한 친구와 빗속을 걸어가는 길. 갑자기 친구가 말했다. 아니, 아무리 생각해봐도 인류가 여전히 '우산'으로 비를 피한다는 게 너무 이상하지 않니. 그게 왜? 아니 너무 이상하잖아. 자율주행이니 인공지능이니 로봇 공학이니 하는데 비가 오면 사람들은 아직도 막대기 하나를 들고 원시적으로 버티는 거야. 생각해보니 정말이지 이상해 보였다. 2023년에, 이렇게 고도로 발달한 문명이, 여전히 우산 하나를 쥐고 나란히 걷는다는 게. 얼마나 어깨가 젖을지 염려가 되어서 자꾸만 우산을 상대 쪽으로 기울이는 게.

그러니까 시는 연근의 구멍이 아닐까. 일상에 뚫린 놀라운 구멍. 골다공중에 걸린 할머니의 무게가 아닐까. 그러니까 시는 대나무뿌리를 볶아서 중국인들이 먹는다는 사실에 있고, 쌀알이 밥이 된다는 마법에도 있고, 또한 고양이의 수염이나 침엽수라는 뾰족뾰족한 잎이 존재한다는 사실 속에도 있다.

　세월이 지나 엄마와 밥을 먹다가 나는 처음으로 연근을 먹던 날을 떠올린다. 어린 나는 연근의 형태가 너무 무섭고 색깔도 거무튀튀해서 먹기 싫다고 떼를 썼는데 바로 그때 엄마는 나를 보더니 "우리가 지금 꽃을 먹는 거"라고 했다. 그 말을 듣고 바로 입을 와앙- 벌렸다. 조금 달고 짭조름한 연근의 맛. 서걱서걱. 입 안에서 뿌리가 열렸다. 사랑이 콧구멍으로 드나들었다.

## 연탄

뭔가 자꾸 이상한 느낌이 들어서 새벽에 엄마는 할아버지를 깨웠다. 아빠, 너무 이상한 느낌이 들어. 머리가 아프고 어지럽고 냄새가 나. 무슨 냄새가 난단 말이니? 냄새가 나. 그 순간 퍼뜩 정신을 차리고 일어선 할아버지는 그대로 앞으로 쓰러졌다. 지독한 사람. 다른 건 몰라도 사랑에 있어선 정말이지 지독한 사람. 넘어졌다가 일어섰다가 다시 고꾸라지고 그 짓을 열 번도 더하며 무릎을 깨며 할아버지는 곤히 잠든 이모들 뺨을 한 명씩 한 명씩 때려서 깨웠다. 마당으로 끌려나온 이모들은 구토를 하고 그대로 바닥에 드러누웠다. 다음날 아침 딸들은 빈손으로 터덜터덜 학교에 갔다. 정오가 되자 할아버지가 찾아왔다. 네 아이의 학교를 하나씩 돌면서 점심은 굶지 마라, 이것도 꼭 챙겨 먹어라, 약과 빵을 건네고 갔다고 한다. 자기 무릎은 완전히 박살난 채로.

## 욕조

　할머니는 욕조 속에서 한 시간을 씻었다. 북북. 삭삭. 석석. 슥슥. 벅벅. 석석석. 이태리타월로 할머니는 매일 몸을 밀었다. 할머니, 피부가 홀랑 벗겨지겠어! 그렇게 오래 씻으면 피부에 정말 안 좋대. 할머니는 내 말을 싹 무시하고는 이걸 써야 개운하다고 말했다. 할머니가 지닌 것 중 가장 이국적인 것, 이태리타월. 초록의 타월, 손 장갑 같은, 너무 오래 써서 연두색이 되어버린 것. 할머니는 얼마나 그걸 오래 썼는지 만져보면 (과장 좀 보태서) 만 원짜리 지폐를 만지는 것처럼 반질거렸다. 그걸 들고 씻고 또 씻어야 했다. 노인 냄새가 나는 게 싫다며 짜증을 내면서 노인은 욕조에 앉아 종일 씻었다. 하지만 생각해보면 욕조는 할머니가 끝내 가질 수 없었던 '자기만의 방'은 아니었을까. 그런 생각을 하면 가슴이 따가워진다. 이태리타월로 열심히 둥글게 문지른 것처럼 지나고 나서야 깨닫게 되는 아픔도 있다.

나는 욕조를 자주 쓰지 않는다. 물이 고여 있는 상태를 그리 좋아하지 않는다. 그런데도 할머니가 보고 싶으면 물을 받고 욕조 속에 들어가본다. 내가 얼마나 크고 작은지 수위水位로 알 수가 있다. 나는 한 폭의 품. 찰랑이며 샴페인처럼 욕조 밖으로 물이 출렁 쏟아져나올 때 나는 이만큼의 부피로 살아가고 있구나, 기분 좋게 내 몸의 부피를 실감한다. 어릴 때는 대야 속에서 첨벙댔는데 엄마가 둘리 인형을 안겨다주면 신이 나서 대야 속에서 놀고는 했는데 이제는 소처럼 허벅지가 굵어져버려서 욕조에 들어서도 물이 넘친다. 사랑의 부피. 내 몸의 둔덕. 풍선 같은 몸. 내가 살이 찐 것은 순전히 할머니 손 때문이다.

할머니들은 측량에 대한 감각이 없다. 할머니들은 무한이다. 열려진 존재다. 사랑이 그렇다. 무한정 펴고 무한정 무치고 아이에게 설악산만한 고봉밥을 내밀고. 할머니 정말 나, 배가 찢어지겠어! 그런데 요즘은 엄마가 그렇게 음식을 퍼준다. 어느 날부터 코끼리처럼 잡채를 무치고 국수를 어망 풀듯 물에다 푼다. 그런 계산 없고 한량없는 마음의 증여가 늙은이들의 조리 과정에서도 드러난다. 한 꼬집, 작은 술, 참기름 두 바퀴, 세 국자, 두 큰술, 적당히, 간간히.

한식 레시피를 가만히 옮겨 적고 있으면 이것은 손에 관한 복음서 같다. '정량'이 아니라 '사람의 손'이 만져온 것들의 그 부피감을 온전히 믿어보는 것. 조리법이 이렇게 인간적일 수 있다니. 그래서 나는 한식이 좋다. 한의원이 좋다. 실수하거나 맥을 잘못 짚기도 하지만 우리는 그렇게 엎질러지는 무릎이니까. 그릇 밖으로 넘치는 물결이니까. 우리는 모두 그렇게 살아간다. 잠든 엄마를 옆에서 꼭 끌어안을 때 그 부피, 그 형상, 엄마의 골격. 그 순간 나는 출렁이는 물의 마음이 되어 엄마를 위해 쏴쏴 나를 버릴 수 있다. 사랑은 언제나 부피와 질량 너머에 있다.

## 우유

 담임 선생님이 서너 명의 이름을 부르기 시작했다. 너희들은
칠판 앞에 잠시 서봐라. 급식비를 왜 이렇게까지 미납하는 거냐.
이유가 뭐냐. 반항이냐. 돈을 빼돌린 거냐. 앞으로는 우유를 토
해내든가, 지금 당장 집에 전화를 하든가, 남아서 청소를 하든가,
아무튼 해결을 해라. 더 늦으면 나도 정말 어쩔 수 없다. 팔 개월
이 밀렸을 땐 뺨을 맞았다. 빨개진 볼로 하염없이 창밖을 보았다.
한겨울에 차가운 우유를 마시고 나면 몸이 떨리고 배가 돌고 설
사를 했다. 그러고 난 뒤 혼자 오래 생각해봤다. 남아서 청소를
하는 것, 먹는 것, 입는 것, 꽁꽁 언 손으로 자전거를 끌어야 하는
것. 버스비를 내기 힘든 지붕이 있다. 그런 얼굴엔 슬픔만 있고
여벌은 없다. 그래서 교복은 자주 빨지 못했다. 말 대신 입김을
안개처럼 뿜으며 자전거를 타고 가는 등굣길. 그러다 월말이 다
가오면 눈을 맞추고 이번 달도? 응, 너도? 응, 나도. 그때 옆에 섰
던 두어 명이 너무 귀했다. 우유곽을 열듯 우리는 활짝 웃었다.

　윤기가 돌다. 윤기가 흐르다. 윤이 나다. 윤은 가만히 정체하는 빛이 아니라 흐르고–돌고–드러나는 '활동성의 빛'이다. 또한 반드시 물체의 표면에 나타나기에 '의존적인 빛'이기도 하다. 즉 빛 자체가 윤의 핵심은 아니라는 것. 윤은 '존재를 떠받치는 밝음'이란 것. 일반적으로 빛이 (전구나 노을, 혹은 영사기처럼) 특정한 중심으로부터 폭력적으로 뿜어져나오는 데 비해, 윤은 사물의 표면에 고루 퍼진 채 공평하게 드러나는 '안온한 빛'이다.

　그래서 윤이 나는 것들은 평안해 보인다.
　엉덩이 덕에 반들거리는 툇마루처럼.

　빛의 인절미라고 불러볼까. 오래된 대상에 소소한 은총을 부여하는 것. 오래 자주 접촉할수록 윤은 강해지는데 이것은 새것에서 볼 수 있는 광택과는 다르다. 광택은 개봉과 동시에 흩어지지만 윤은 '사물의 늙음을 드러내는 빛'이다. 이로 인해 조선에선 오래된 물건이 도깨비라는 오해를 사기도 했다. 아무튼 윤은 시간을 먹고 드러나는 빛. 만질수록 넓게 퍼지는 공평의 빛. 우리의 손엔 빛의 입자라도 박혀 있는가. 접촉하면 빛이 난대. 그래서 연인은 계속해서 서로의 얼굴을 쓸게 되는가. 어떤 강아지는 호박보다 반들거리고 어떤 아이들은 보름달보다 이마가 환하고 어떤 옹기는 하늘의 별보다 밝게 빛난다. 우리의 눈은 윤기로 반들거린다.

간혹 인위적으로 윤을 내는 경우도 있는데 반복에 입김을 섞으면 윤이 난다. 이는 주로 구두와 같은 가죽제품과 유리, 금속, 보석과 같은 광물의 경우와 예외적으로는 비물질적인 대상이지만 시가 바로 여기에 해당한다.

예전에 할머니 집에는 전화기가 두 대 있었다. 거실과 방에 하나씩 놓여 있었다. 전화가 오면 두 전화기는 동시에 울렸고 누구든 상관없이 받을 수 있었다. 덕분에 종종 세 사람이 통화하는 일도 가능했지만 그런 일은 자주 없었다. 용건에 맞는 이가 연결되면 다른 한쪽이 알아서 수화기를 내려놓는 게 암묵적인 룰이었다. 다만 가끔씩 전화가 걸려왔을 때,

여보세요. (할머니)
여보세요. (나)

두 사람이 동시에 말했고 그럼 상대편은 노인의 목소리와 앳된 목소리를 포개 들으며 당황한 듯 전분씨 댁 아닙니까 묻고는 했다. 그게 나의 소소한 행복이었다. 두 사람의 목소리가 그림자처럼 겹쳐지는 것. 오래된 보호수 아래에 앉은 것처럼 어른의 그늘

아래에 있다는 이상한 안도감이 들었다. 대부분 집에 걸려오는 전화는 할머니를 찾는 연락이었기 때문에 나는 맑고 명랑한 기분으로 싱긋 웃으며 낡은 수화기를 내려놓고는 했다.

　그러던 어느 날 새벽에 전화가 왔다. 아주 깊고 추운 십이월의 새벽이었다. 뜬금없이 벨이 울려 수화기를 들었는데, 여……(보세요) 하기도 전에 할머니가 먼저 받았다. "여보시오." 거실에 있는 할머니 목소리가 수화기에서 나직하게 들렸다. 보통 그럴 때 바로 수화기를 내려놓는데 그날은 그러지 못했다. 왜냐하면 "엄마……" 하고 그리운 목소리가 수화기 저편에서 들렸기 때문이었다. 부드럽고 둥근 목소리. 목련을 말아둔 것처럼 동그랗고 깨끗한 엄마 목소리. 내 엄마가, 엄마의 엄마에게 전화를 걸었던 것이다.

　"엄마, 엄마…… 나 너무 힘들어. 사는 게 너무 힘들고 무겁고 아파. 엄마 미안해. 명재는 잘 있어?" 바로 그때 나는 물에 들어간 것처럼 숨을 참았다. 냄비에 귀가 눌어붙어버린 것처럼 심장이 뛰고 가슴은 가야금처럼 팽팽해졌다. "엄마…… 나 너무 힘들고 사는 게 슬퍼. 돈 버는 게 이렇게 아픈 일이야?" 바로 거기서 수화기를 내려놓았다. 반짝하고 내 안의 무언가가 빛을 내더니 멈추는 게 지키는 거라고 알려주었다. 내 생애 그렇게 조용히 수화기를 내린 적 없지. 혹여나 할머니나 엄마가 들을까 엄마와 딸의 대화가 혹시 중단될까봐 물방울로 두른 집이 터지지 않도록 조심조심 수화기를 내려두고서 나도 혼자 엄마, 하고 벙긋거렸다.

사랑이 뭘까. 그건 존재가 위태로울 때
등대처럼 제자리에서 기다리는 것.

그날 엄마는 엄마에게 뭐라고 했을까. 어떤 일을 겪고 그토록 물러졌을까. 그걸 다 알아내는 것이 사랑은 아닐 것이다. 그저 어렴풋이 알아채고 기다리다가 돌아왔을 때 웃는 것이 우리의 능력일 거다. 가끔 그날이 생각난다. 그때 썼던 낡고 둥근 그 전화기. 손때가 타서 반들반들 빛나던 물건. 얼마나 많은 귀가 거기 닿고 붙었나. 얼마나 많은 비밀과 소식이 드나들었나. 아무 말도 없이 홀로 윤이 났었던, 어떤 날은 그게 너무 반질거려서 참지 못하고 엄마에게 전화를 걸었지. 폭설처럼 보고 싶다고 울며 말했지.

우리 엄마의 반찬가게는 꽤 인기가 있다. 정직하게 만들고 맛이 순하고 사람까지 산나물처럼 명랑하므로 많은 사람이 엄마의 가게를 찾고는 한다. 그러던 어느 날 엄마가 나에게 이런 이야기를 해줬다. 나는 이 이야기를 듣고 오래 배앓이를 했다.

반찬가게는 오전 시간이 가장 중요하다. 왜냐하면 이른 아침부터 반찬을 충분히 만들어두어야 오후에 판매가 가능하기 때문이다. 엄마는 일일이 모든 반찬을 만들기 때문에 오전의 가게는 전쟁터와 같다. 가게를 연 지 한 사 년쯤 됐나. 어김없이 미친듯 반찬을 만들고 있는데 할머니가 가게에 찾아왔다.

그런데 그날은 그 할마시가 참 이상하더라구. 가게 문을 갑자기 열고 들어오더니 의자에 앉지를 않는 거야. 그래서 내가 그랬지. "엄마, 왜 그래? 다리 아프잖아 얼른 거기에 앉아." 그런데 미동도 없이 그 자리에 서 있다가 가게를 한 바퀴 돌고 가만히 있더라. 내가 어쩌겠어. 아침엔 전쟁이잖아. 정신없이 반찬을 만들고 있는데 갑자기 할마시가 뒤에서 말했어.

"혜영아."

"응? 엄마?"

"혜영아 오늘 나, 너한테서 밥을 한끼 얻어먹어야겠다."

"엄마 무슨 말이야? 밥을 사달라고? 지금 말이야?"

"그래 지금, 바로 지금 먹어야겠어."


이 할마시가 왜 이러지? 제정신이 아닌가? 속으로 좀 놀라기도 했고 머리가 복잡해졌어. 너희 할머니 성격 알잖아. 남에게 피해 주는 거 죽었다 깨어나도 못하는 사람. 그런데 그 할마시가 갑자기 점심밥을 사달래. 그거 아니? 부모는 자식한테 밥 사달라고 하지 않는다? 그게 부모 마음이야. 늙어도 그게 부모 마음이야. 그런데 그날 할마시가 갑자기 그러는 거야. 무슨 일 있냐고 물었는데 아무 일도 없다는 거야. 얼굴을 봤는데 정말로 얼굴이 평안하더라? 그런데 밥을? 갑자기? 지금? 오픈해야 하는데? 그럼 반찬은? 오늘 매상은? 가게는 어떡해. 온갖 질문이 우르르 머릿속에서 쏟아지는데 갑자기 가슴에서 욕지기가 밀려올라오더라.

'아니 씨. 내 인생이 아무리 험해도 여태껏 살면서 엄마 밥 한 끼 못 사줘? 어떻게 인생이 이래? 우리 엄마한테도 어쩌다가 밥 한끼 못 사주는 인생이 됐어?' 약간의 분노와 억울한 감정이 밀려오더라. 그래서 바로 그랬지. 그래 엄마! 오늘 거하게 살게. 앞치마 걷고, 가게 문 닫고, 늙은 엄마 손을 잡고, 그 자리에서 차를 몰고 밥 먹으러 갔지. 그런데 가는 길에 이상하게 속이 시원하더라. 이유 없이 자꾸 눈물이 날 것 같더라.

그렇게 엄마 데리고 백화점 최상층에서 최고급 한정식집으로 갔지. 가장 비싼 음식을 마구 시켰어. 비싼 집은 다르데? 밥그릇에 윤이 나더라. 왜, 놋그릇 있잖아. 반들반들 무겁고 뜨겁고 음식물이 꼭꼭 담긴 그런 그릇들. 할마시가 그걸 싹싹 비우더라구. 깜짝 놀랐어. 앉은 자리에서 눌러 씹으며 남기지 않고 착착 전부 비워내더니 마지막에 과일까지 담아서 먹더라. 그렇게 엄마랑 단둘이 앉아서 밥을 먹은 게 몇십 년 만인지, 그게 얼마나 통쾌하고 호쾌한 건지. 엄마에게 밥을 사준 건 십 년 만이었어. 그러고는 식당 앞에서 나를 보더니 오늘은 자기 집 앞까지 꼭 태워달래. 참 이상하지. 보통은 그냥 알아서 간다고 하는데. 아무튼 집 앞까지 태워다줬어. 차에서 내리더니 엄마가 나를 물끄러미 봤어. '혜영아 잘 뭇다(먹었다)' 하고 집에 들어갔어. 다음날 할머니는 서울로 갔어. 너희 이모 본다고 서울로 가는 버스를 탔다가 사고가 나서 그렇게 갑자기 가버린 거야.

내가 이 이야기를 왜 너한테 하는지 아니. 너는 기적을 알라고, 너는 매번 기적을 살라고. 내 인생은 험하고 아프기도 했지만 내게도 한순간 축복이 왔어. 엄마랑 밥 한끼 먹는 거. 그 흔한 게 얼마나 기적적인지 이제는 알아. 내가 가장 가난하고 힘들었을 때 사무치게 미안하고 가슴 아플 때 내게도 마지막 기회가 왔어. 딱 한 번 왔어. 나는 그 기회를 놓치지 않고 밥을 먹었어. 지금도 너무 보고 싶고 가슴이 아리곤 하지만 후회는 없어. 그날 나는 엄마 손을 잡았어. 다 내팽개치고 엄마 손을 잡고 나갔어. 그런데 참 이상하지, 너희 할머니는 어떻게 죽기 전날 아무 이유 없이 그렇게 나를 찾아왔을까. 그것도 돌연 밥을 한 그릇 사달라니. 그렇게 나 당당하게, 꼭 받아야 할 것처럼. 아무튼 나는 엄마랑 배터지게 밥을 먹었어. 단둘이서 마주보고 비싼 곳에서 윤이 나는 밥그릇을 싹싹 비웠어.

# 시
## ―이야기 1


"겨울 밀가루가 봄 밀가루보다 훨씬 달고 맛있어."


　가끔 전문직에 종사하는 사람들을 만나다보면 시가 찰랑거리는 이야기를 들을 때가 있다. 이를테면 '화성에는 푸른 노을이 진다'든지(천문학자), '커피는 끓기 직전의 물로 내려야 맛있다'든지(바리스타), '바다거북의 성별은 부화할 때의 온도에 따라 결정된다'든지(그린피스), '동태탕은 쌀뜨물로 끓여야 비린내가 가시고 국물이 한결 구수해진다'든지(매일식당 할머니).


　몇 해 전 초여름에 단골 식당에 갔다가 그곳 할머니로부터 아름다운 경험을 선물받았다. 그 식당 한가운데에는 〈최후의 만찬〉처럼 아주 긴 식탁이 놓여 있는데, 그 위에 나뭇가지가 한가득 펼쳐져 있었다. 할머니는 그 속에 거의 파묻힌 채로 무언가를 홀로 톡톡 뜯고 있었다. 잎사귀 속으로 손가락이 들락거리고 사락사락,

마치 숲이 흔들리는 것처럼 식물 특유의 마르고 생생한 마찰음이 들렸다. 가게가 초록으로 일렁거렸다. 이모, 이게 다 뭐예요? 약간은 들뜬 기분으로 묻자 초록 속에서 할머니가 고개를 뿅! 하고 들더니 나를 보고 중학생처럼 웃었다. 아지야(경상 방언: 아재) 이게 뭔지 모르나? 요 빨간 열매 본 적 없나? 자세히 보니 나뭇잎 사이로 콩알만한 게 또렷하게 콕콕 박혀 있었다. 체리보다는 훨씬 작고 팥보다는 큰데 아주 밝은 빨강으로 망울진 것. 새나 빗방울이 쪼아대기 딱 좋은 크기. 이상하게 가슴이 두근거렸다.

이거 보리수다, 보리수. 보리수 열매.

이 말과 동시에 할머니가 무슨 막대사탕처럼 보리수 나뭇가지를 불쑥 내밀었다. 나는 무슨 뜻인지 몰라서 어정쩡하게 나뭇가지를 한줄기(?) 받아들고 서 있었다. 아니, 안 먹고 뭐하노? 네? 안 묵고 뭐하냐고. 보리수 열매를 사…… 사람이 먹어요? 그럼! 따서 입에 톡, 털어넣으면 돼. 처음은 떫고 시고 미세하게 아린 듯하더니 끝에서는 은근한 단맛이 났다. 이런 맛을 뭐라고 해야 하지. 동양식 체리? 미숙성 석류? 보리수 열매맛? 처음 먹어봐요! 할머니가 나를 보고 피식 웃었다. 그렇게 식당에서 할머니랑 나란히 앉아 떫고 달고 빨간 열매를 뜯어먹고 있으니 뭔가 여름 청춘 소설을 읽는 것 같았다. 할머니는 두런두런 이야기를 들려주었다. 나, 중학교 다닐 때 여름이 오면 이거 실컷 먹으면서 학교로 갔다. 그래서 늘 지각했다. 강 건너가면서 한 움큼 따먹고 개천 폴짝 뛰면서 따먹고 들에서 놀다가 심심하면 가지 당겨서 따먹고 사방팔방 이거만 보이면 톡톡 따다가 친구들이랑 먹으면서 돌아다녔지.

이런 이야기는 왜 항상 마음에 남을까. 이 이야기를 들은 후로 여름이 오면 아무 이유 없이 보리수 열매부터 생각이 났다. 늘 이런 것들이 궁금해진다. 그때 그 논밭의 중학생들은 얼마나 떠들었을까. 열매를 먹느라 입이 얼마나 빨개졌을까. 푸른 노을을 보면 대체 어떤 기분이 들까. 그나저나 알을 막 깬 거북이들은 바다 속으로 잘들 들어갔을까. 얼마나 많은 예쁜 이야기가 있을까. 삶은 앞으로 얼마나 다채로울까.

형 그거 알아? 겨울 밀가루가 훨씬 달고 맛있어.

가끔 일상 속에서 신비가 내게 들를 때 그때 나는 귀를 열고 시가 된다.


　참 신기하지. 갈치는 유통과정에서 상당한 정도의 은빛을 잃어버리고 감자 박스에 사과를 몇 알 넣으면 감자에서 싹이 잘 자라지 않고 나무들은 간격을 유지하면서 자란대. 볕을 함께 쬘 공간을 만드는 거래. 이렇게 알지 못해도 '생존'에는 하등 영향이 없는, 그러나 알게 되면 세상이 애틋해지는 이야기가 좋다. 나는 이런 것들을 시, 라고 부르기로 한다. 보리수 열매의 떨떠름한 단맛이라든가 우리 엄마의 독특한 웃음 포인트라든가 통통, 수박을 고르는 여름의 비법이라든가 별자리라든가 별명이라든가 음력 생일이라든가 죽은 사람의 오래된 전화번호 같은 거.


　이런 것들은 '생존'과는 거리가 멀지만
　때때로 '삶'을 바꿔놓기도 한다.


　그러니 이런 걸 시라고 부를 수밖에. 무용하고 아름답고 명랑한 것을. 사랑스럽고 환하게 세상을 흔드는 것을. 파도를, 율동을, 운동을, 드가를, 춤과 리듬을, 시라고 뭉뚱그려 부를 수밖에. 시 때문에 울기도 많이 울었고 시 덕분에 잎처럼 웃기도 했고 시 때문이 삶이 너무 미워져버려서 시를 놓고 포동포동 살이 찌기도 했다. 그러나 어떻게든 시가 늘 함께했기에 나는 사랑을 쥐고 이 삶을 살아낼 수 있었다. 그래서 어쩌면 시라는 이토록 불분명한 개념이 (나의 경우에는) 생존에도 영향을 끼쳤는지 모른다. 참 시시하지. 어디서 많이 들어본 얘기지. 발에 차이도록 굴러다니는 흔한 얘기지. 하지만 눈처럼 흔하게 예쁜 것도 있는 법이지. 말랑말랑한 시는 떡과 살에 가깝지. 꿈과 달과 밥과 콩은 힘이 돼주고 숨과 금과 은과 윤은 고요히 빛나고. 그리고 보면 외자로 된 말은 이상하게 위로가 된다.

별, 시, 눈, 꽃, 귀, 손, 개, 국, 볼, 종, 빛, 빵.

나는 시 쓰고 동생은 빵을 굽는다. 우리의 직업은 한 글자라서 사랑이라네.

## 빵

### ─이야기 2

내 동생의 직업은 빵가게 제빵사.

베이커baker라든가 쉐프chef, 아티장Artisan이라고 부르지 않고 제빵사라고 부를 때 가장 마음에 든다. 아주 기나긴 고통의 터널을 지나서 동생은 작은 빵가게를 차리게 되었다. 손이 부르트도록 반죽 만드는 법을 익히고 어깨가 무너지도록 밀을 나르고 내 빵은 왜 제대로 안 부푸는 걸까, 내 크루아상은 왜 이렇게 결이 죽을까, 그렇게 수년을 치대고 굽고 가르고 씹고 맛보며 동생은 느리게 빵 만드는 법을 익혔다.

아주 못된 제빵사 밑에서 고생하는 걸 봤고 집에 와서 시체처럼 자는 걸 봤다. 언젠가는 밀가루 알러지로 손이 헐어버려서 펑펑 우는 후배 제빵사도 보았다. 그래서 나는 반죽을 보면 좀 슬퍼진다. 아름답고 말랑말랑한 저 둥그런 물질이 무엇을 머금고 부푸는지 봐왔기 때문이다. 정말 많은 제빵사가 포기하는 걸 봤고 정말 많은 제빵사가 절망하는 걸 봤다. 또한 정말 많은 제빵사가 최선을 다해 새벽에 일어나 오븐을 켜는 순간을 보았다. 그렇게 언제든 반죽 앞으로 돌아오는 사람. 비가 올 땐 르방(천연발효종)부터 걱정하는 사람. 새벽의 사람. 오븐의 사람. 포대를 나르느라 귓바퀴에 늘 밀가루가 묻어 있는 사람. 결국 사랑과 의지가 제빵사를 만든다. 제빵사를 만드는 건 레시피가 아니라 새벽을 뚫고 반죽을 꺼내는 마음의 찰기, 계속해보려는 일상 속의 의지다. 그렇게 수십 번 울고 굽고 가슴 치면서 제빵사는 가까스로 탄생한다. 갖은 슬픔을 딛고 빵을 구워야 하네. 그러니 반죽 속에 뭉개진 건 밀이 아니라 수없이 치대고 사랑해온 인간의 마음.

제빵사를 가족으로 두게 되면서 가장 가슴 아픈 순간은 바로 '겨울의 새벽'이다. 통상적으로 제빵사는 새벽에 일어나야 한다. 오전에 반질반질한 빵을 차례로 구워내려면 제빵사들은 새벽에 집을 나서야 한다. 반죽 속에는 보이지 않는 태엽이 콕콕 박혀 있어서(숙성 시간을 고려하여) 정확한 시간에 빼내 정확히 구워야 한다. 우리는 여전히 한방에서 살고 있는데 지독한 야행성인 나로서는 동생이 일터로 나가는 모습을 자주 볼 수밖에 없다. 해가 뜨기도 전에 캄캄한 어둠 속에서 동생의 알람이 울린다. 동생은 보통 세번째 알람에서 겨우 일어나는데 그때마다 가슴이 꽉 조이는 느낌이 든다. 창밖으로 바람이 휭휭 몰아치는데 오늘은 춥고 일교차도 심하다던데 눈도 와서 길이 얼어붙는데 구우러 가겠네. 어제 발이 아프다 했는데 작은 아이였던 네가 제빵사가 되었네. 나는 동생이 이불을 걷을 때 일부러 자는 척 입을 벌리고 눈을 감는다. 그게 참 이상하게, 늘 그렇게 된다. 미안하고 자꾸만 속이 상해서 속으로만 수없이 마음을 보낸다. 오늘도 예쁘게 잘 구울 거야. 이왕이면 밝은 빵을 만들기를 바라서 측은한 마음도 누르고 환하게 돌아눕는다. 잘 다녀오렴. 밥 잘 챙겨 먹으렴.

누대로, 긴 세대와 시간을 건너서 손에서 손으로 건너온 빵의 아름다움.

빵의 역사엔 손의 역사도 깃들어 있다. 반죽을 쳐야 하는 음식이다보니 빵은 밥보다는 물리적으로 사람의 손과 더 많이 접촉해온 주식이라고 할 수 있다. 예전에 한 방송에서 프랑스의 유명한 바게트 장인을 본 적이 있다. 인상 좋게 늙은 그는 갓 구운 바게트를 오븐에서 꺼내 마치 신생아의 얼굴을 비추듯 보여주었다. 빵의 표면을 자세히 보세요. 표면은 매우 거칠고 잔잔하게 일그러져 있었다. 끝없이 일렁이는 파도처럼 노을을 잔뜩 머금은 능선처럼 그는 자신의 소매를 살짝 걷어 주름 잡힌 손등을 보여주었다. 잘 구워진 바게트는 바로 이렇게 늙은 손등처럼 거칠게 나와야 해요. 우둘투둘한 모든 곡면이 기쁨 같았다. 늙은 제빵사는 손과 빵을 번갈아 보이며 빵의 표면을 부드럽게 쓸며 웃었다. 마치 그 손을 갖게 된 이후에서야 제대로 된 빵을 굽게 되었다는 듯.

　갓 구운 빵을 꺼내 슬쩍 쥐어보면
　아주 뜨거운 사람의 손을 잡은 것 같다.


　내 손은 동생 손보다는 훨씬 곱고 예쁘다. 손가락도 내가 더 길고 매끄럽다. 그러나 제빵 업계에선 예쁘고 아름답다는 게 전혀 다른 방식으로 이해되는 듯하다. 더 많이 갈라지고 충분히 결을 따라 터진 것. 트인 것. 열린 것. 호쾌하게 벌어져버린 것. 더 충실하고 자유롭게 갈라진 세계. 이것이 빵의 아름다움이고 빵의 자유다. 빵을 보면 마음이 꿈틀거린다. 대부분의 균열은 사실 반죽을 마친 뒤 성형 칼로 적절히 흠집을 낸 것이다. 재미있는 건 그 흠집을 활짝 열고서 새살이 폭폭 부푼 게 빵의 형상이라는 것.

상처를 가뿐히 넘기는 빵의 높이. 장대처럼 높이높이 차오르는 것. 상처를 채우고도 남아서 넘치고 마는 것. 뚱뚱해지는 것. 만조가 되는 것. 한껏 피는 것. 그렇게 예쁘게 갈라진 빵의 등을 보면서 인간의 마음은 허기로 열려버린다.

　그 문을 열면 빵의 중심은 백白에 가깝다.
　일상을 가르고 활짝 열린 꽃과 시처럼,

그렇게 빵과 시는 활기차게 열린 자유다.
눈이 오면 신나게 달리는 강아지처럼.

밀가루 제분업자는 TV 속에서 엄지와 검지로 밀을 비비며 향을 맡았다. 어릴 때부터 제분소에서 일한 사람들은 밀가루를 만져본 것만으로도 상태를 알 수 있다고, 그러니까 밀의 경도나 수분 및 단백질의 정도를 촉각적으로 이해할 수 있다는 것이다.

한의사는 내 손목을 짚어보더니 속이 참 차고 약해요라고 말했다.

나는 호빵을 보면 검지로 우선 찌르고 싶다.

내가 말랑말랑한 아이였을 때 엄마는 자주 내 볼을 꼬집고 깔깔 웃곤 하였다. 실컷 웃고 난 뒤엔 밀가루 떡볶이를 해줬다. 호쾌하고 따듯한 마음의 탄력. 사랑은 쫄깃쫄깃한 탄성. 튀고 살고 춤추고 흔들거리고.

가끔은 죽은 시인의 시집에 손을 올리고 잘 읽고 싶어요라고 작게 말할 때가 있다.

가끔 늙은 시인이 위독하다는 소식을 듣고 그 시집에 손가락을 댈 때도 있다.

가끔 아빠랑 엄마는 죽은 듯 잔다. 복숭아뼈 위에 검지를 대면 나무가 솟는다.

대다수의 손님들은 '탕종 식빵'을 손끝으로 눌러본다. 그건 순전히 '탕종'이라는 말의 어감이 손가락을 움직이게 만드는 거다.

한 방송에서 라면의 달인은 면발을 집게로 들어내면서 공기와 자주 접촉하게 해줘야 면이 살아난다고 했다. 따라 해보니 실제로 면이 쫄깃해졌다. 한 식품영양학과의 분석에 따르면 그 이유는 그냥 라면이 충분히 익지 않아서라고 한다.

첫눈이 오면 손끝으로 뭐라도 쓰고 싶다.

개들의 배를 만지면 무한히 부드러워진다.


고양이의 앞발은 심하게 탄력적이다.


쫀쫀한 프레첼이 왼쪽 앞니에 닿을 때 나는 제빵사들이 엄청나게 존경스럽다.


그런데 왜 동생의 말처럼 겨울밀이 더 달고 맛있는 걸까. 추위의 힘일까. 바람의 힘일까. 동토凍土의 빛일까. 겨울밀은 가을에 심어서 키우는 밀인데 얘들은 0도에 가까운 추위가 지속되어야 밀알을 만드는 밀로 성장할 수가 있다. 만약 이보다 온화한 날씨가 지속되면 밀알이 나지 않는 초록색 풀로 성장하게 된다. 땅이 얼어붙어야 알이 맺힌다. 추위가 없다면 밀도 한낱 잡초일 뿐이다.


겨울에는 이상하게 시가 잘 써지는 것 같다.


러시아 소설이 기나긴 이유를 알 것도 같다.

실제로 프랑스의 한 제빵 명가에서는 농장과 직접 계약을 맺어서 겨울 밀을 차곡차곡 비축해두기도 한다고 한다.

나는 여름, 가을에 사둔 책을 겨울에 읽는다.

그런 상상을 한다. 어느 날 무참히 폭설이 와서 흰 눈이 밀밭을 완전히 덮어버릴 때 바로 그때 눈의 아름다운 백색이 밀알 속으로 그대로 건너간 거라고.

동생이 벗어둔 옷에는 모두 밀가루가 묻어 있다. 동생은 그 점에 개의치 않는다.

박력분, 강력분, 중력분—밀과 빵은 힘으로 이루어진 것 같다.

새벽녘이면 어김없이 빵을 구우러 간다. 가장 아름답게 밀가루를 과장하는 것.
나는 시로, 너는 밀로, 엄마는 존재로. '아름다운 과장'이 우리의 직업이라고.

## 이스트
—이야기 4

어떻게 이렇게 흰 걸 뚝뚝 뜯어서 입속에 넣으면 단맛이 온몸으로 퍼질까. 나는 시보다 빵이 좋다. 볼이 빵빵해지도록 빵을 먹고 부푸는 내 모습이 좋다. 엉덩이처럼 부푸는 빵의 빛깔이 좋고 빵을 당기면 끈끈히 열리는 탄성이 좋고 빵을 누르면 볼처럼 오목해지는 게 좋다. 그냥 다 좋다. 빵을 씹고 아래로 삼키면 뱃속에서 눈처럼 녹아 손끝으로 흐른다. 빛에서 밀로, 밀에서 빵으로, 빵에서 배로 뱃속에서 나의 모든 사지로, 삶으로. 빵을 먹고 나면 몸이 데워진다. 볕을 먹고 자란 곡물이 나를 굴린다. 이 모든 연관이 눈부시게 아름답다.

너는 언제가 제빵하면서 가장 즐거워?

가끔 동생은 생각지 않게 시를 들려주는데, 그런 이야기를 들을 때마다 귀나 목덜미가 금빛으로 물드는 기분이 든다. 새벽에 완전히 불이 꺼진 상가에서 갓 구운 바게트를 처음 꺼낼 때, 그때가 가장 좋아. 가게는 막 데워졌고 오븐이 쉭쉭 증기와 열을 내뿜고 있고 바로 그때 갓 구운 바게트를 베어 물고서 커피를 마시면 피가 돌고 몸이 움직이지.

이런 이야기 속엔 빛과 열이 촘촘해 듣다보면 가슴이 부풀어오른다. 음악을 듣거나 소설을 읽다가도 이럴 때가 있는데, 어쩌면 팽창이 우리의 주요한 업무인지도. 사월의 풀도 꽃도 우주도 온 힘을 다해서 팽창하는 '존재의 폭죽'인지도.

사실 제빵 역시 곡물을 일으키는 일이다.
그것은 빛과 물과 열을 먹고 솟아오르는, 식물의 생장 방식과 일치한다.

오븐스프링이라는 말을 동생이 가르쳐주었다. 잘 만든 반죽은 오븐 속에서 몇 분이 지나면 순식간에 스프링처럼 부풀어오른다고 한다. 바로 이 순간이 그렇게나 감동스럽다고. 끝을 모를 듯 무한히, 계속 젊을 것처럼, 밀이 마치 여름 숲처럼 솟아난다고. 응. 알지 알지. 도약은 언제나 사랑스럽지. 나도 시 읽다가 도약하는 행에서 심장이 뛴다고. 엄마는 가끔 장난으로 동생과 나를 깨물곤 했다. 그게 이런 걸까. 유들유들한 무릎을 보면서 참지 못하고 엄마는 우리를 깨문 게 아닐까. 그나저나 오븐스프링이라니, 어떻게 한순간에 온몸이 부풀 수 있을까.

그건 밀이 지닌, 식물로서의 기억이 아닐까.

오븐 속의 빛과 열이 반죽에 닿을 때 무성한 봄의 볕이 기억난 건 아닐까. 일어나야 해. 얼른 커서 푸르러야지. 그렇게 밀의 기억이 풍선처럼 부풀어올라서 온갖 빵은 노을빛으로 물드는 게 아닐까. 가장 그리운 존재가 안에서 부푼다. 볕을 쬐고 자란 밀이 금빛을 낸다. 나도 그랬어. 사랑하는 사람을 보내고 나 역시 기억으로 부풀고는 해. 그렇게 죽은 이들은 사라졌지만 함께한다. 존재는 폭죽이니까. 언제든 내 안에서 같이 살아가다가 유품이라도 보면 활짝 빵처럼 피지.

## 반죽
## ―이야기 5

코로나가 시작된 후 너무 많은 사람이 세상을 뜨고 길은 심하게 조용해졌다. 동생 역시 시절을 피해갈 순 없었다. 많은 식당과 카페와 상점이 문을 닫듯이 우리 가게도 조금 더 조용해졌다. 나는 동생이 일하는 상가를 본다. 정말 많은 가게가 사라져버렸다. 멀쩡한 기기들이 사람처럼 끌려나왔다. 예전엔 가게가 문전성시를 이루었다. 특히 동생의 가게는 바게트와 버섯 스프가 유명해져서 매일 아침 손님으로 가득찼었다. 지금은 많이 조용해졌고 걱정이 앞선다. 하지만 빵가게는 테이크아웃이라도 할 수 있어서 그나마 이 상황을 버틸 수 있었다. 하지만 옆집 식당이라든가 돌솥밥집, 작은 카페, 와플집, 순두부백반집, 그렇게 뜨거운 음식들이 사라지고 있다. 건물주들은 임대료를 내릴 줄 모른다. 너무 많은 사람이 아프게 산다.

지금도 동생은 빵을 만들고 있다. 반죽 양을 더 늘리고 더 정성스럽게 사랑을 다하면 이 시절을 넘을 것 같아서. 우리 가족은 지금도 매일 접시를 닦는다. 컵을 충분히 데워야 커피도 입에 잘 붙지. 테이블이 꽉 찬 아침이 너무 그립다. 많이 힘들다고 말했다. 발이 퉁퉁 부어서. 동생은 응급실에서 그렇게 말했다. 많이 힘들지만 그래도 참 감사하다고. 이 작은 가게를 열고 계속 빵을 굽는 게, 손님들이 먹으면서 웃어서 참으로 행복하다고.

우리는 많은 빚을 지고 겨우 가게를 열었다. 참 힘들게 열기도 했고 가게가 예쁘기도 하고 지금도 나는 이 가게가 너무 소중하게 느껴져서 하루도 빠짐없이 가게 앞으로 산책을 간다. 물론 혹시라도 손님들에게 방해가 될까 낮 시간을 피해 아주 늦은 저녁에 멀리서 가게를 본다. 그렇게 불 꺼진 가게를 보는 게 무척 감격스럽다. 불빛이 사라지고 캄캄해진 길모퉁이에 내 동생이 정성껏 반죽을 주무르고 있다. 그림자 같은 그 모습이 담담하다. 어깨와 팔을 단정하게 아래로 뻗어서 고양이보다 꾹꾹, 온 체중을 실어서 마음과 마음을 포개듯 손을 새처럼 포개어 사람을 구하듯이 심장을 누르듯 반죽 속에 힘차게 사랑을 넣는다. 다음날이면 그 빵을 먹고 사람들이 웃는다.

바게트: 일종의 정형시. 오직 물과 밀과 소금 그리고 이스트, 이 네 가지 재료로만 만들어야 한다. 다른 것이 섞이면 바게트라고 명명할 수 없음. 프랑스에서는 법으로 그렇게 정해져 있다. 평등권은 그렇게 반죽 속에도 있다.

치아바타: 일종의 생활시. 치아바타는 이탈리아어로 슬리퍼를 뜻한다. 부드럽고 빵빵해 보이는 슬리퍼 형태의 빵. 올리브가 박혀 있거나 치즈가 박힌 친구들도 많다. 빵 자체는 도드라지지 않지만 먹다보면 무한히 먹을 수 있다. 이것이 바로 클래식의 위대함.

크루아상: 불란서 상징주의 시. 음성적인 의미, 즉 소리가 매우 중요한 빵. 앞니가 닿을 때 부스러지는 소리가 굉장한 상징성을 지니고 있고 씹을수록 버터의 존재감이 살아난다. 겹겹의 공간

에 버터가 녹아들어 아주 고풍스러운 맛이 나는 귀족적인 **빵**. 가끔은 소라처럼 귀를 대보고 싶다. 먼 나라의 밀밭 스치는 소리가 들린다.

**빵오쇼콜라**: 일종의 서양식 하이쿠. 안에 박힌 초콜릿이 꼭 소량이다. 완전한 절제. 최소의 단위. 한순간의 빛. 한끝 부족한 그 느낌이 사람을 더 안달나게 하고 무릎까지 꿇게 만들 것 같다.

**프레첼**: 일종의 초현실주의 시. 고무에 가장 가까이 다가간 밀가루. 어금니로 질겅질겅 씹고 있을 때 쉽게 소화되지 않을 것 같은 행복한 기대감을 준다. 탄력이 강하고 버터까지 끼워져 있으면 그 존재만으로 칭찬받아 마땅하다. 게다가 약간의 소금. 해변을 핥는 것 같은 매혹적인 끝.

**베이글**: 서정시. 습식과 건식을 오가는 사우나 마니아. 베이글은 독특하게도 물에 반죽을 익힌 뒤 익반죽을 다시 오븐에 굽는 빵이다. 그래서 그런지 적당히 폭신폭신하고 탄성이 매우 기분 좋게 살아 있다. 물을 머금은 언어는 늘 오래 남는 법.

깡파뉴: 옛날 시. 우리가 사랑했던 선배들의 시. 상경해서 성공한 케이스. Campagne는 불어로 시골이라는 뜻. 옛날 사람들에게는 지긋지긋한 잡곡밥이었지만 현대에는 없어서 못 파는 건강빵. 절판된 시집이 딱 이렇다.

머핀: 설치 미술. 사실상 밀가루로 빚어본 버섯. 아무리 먹어봐도 버섯과 머핀은 이상하게 머리가 가장 맛있게 느껴진다. 매력적인 사람의 점처럼 무언가가 듬성듬성 박혀 있는 게 이 빵의 달콤한 설렘 포인트. 여드름이 가득했던 시절의 사랑. 피부가 험할수록 아름답고 맛 좋은 빵.

피낭시에: 사실상 윤동주. 싫어하는 사람을 쉽게 만나기 어렵다.

단팥빵: 정지용, 이상, 김기림 같은 1930년대의 모더니즘 시. 서구의 문화를 우리 식으로 받아내는 것. 밀과 팥이 서로를 꼭 끌어안다니. 한글이 이토록 빛나는 문자였다니.

카스테라: 낭만주의 시. 누가 뭐라 해도 이것과 얽힌 추억이 하나쯤 있다. 빵가게에서 데이트했다는 엄마 아빠의 눅눅한 시절

이 부럽다. 아니 사랑을 빵가게에서 시작하다니. 우유에 적시면 아름답게 형태를 잃는다. 사랑의 얼굴을 볼 때도 자주 그랬다. 오늘은 눈길도 안 줘야지 마음먹다가 순식간에 허물어지는 달콤한 벽돌.

퀸아망: 습작 시. 디저트를 만들고 남은 재료들로 한 제빵사가 우연히 만들었다는 설이 있다. 실패로 만들어진 빵이라는 유래도 있다. 겹겹의 층에 상당한 양의 버터가 들어가고 설탕은 열에 녹아 캐러멜처럼 변한다. 칼로리가 과하고 달고 무거워서 먹고 나면 약간의 죄책감이 드는데 그런데, 그런데도, 이상하게 사랑하게 되는 나의 못난 시. 역시 남에게 권할 것은 못 된다.

## 입김

세상 모든 것이 우리 앞에 얼어붙을 때
마음의 벼랑에 고드름이 슬고 무릎이 시릴 때
손끝이 차갑고 발목마저 꺾일 때

우리가 온기로 이루어진 존재라는 걸
우리 스스로가 증명하는 아름다운 숨.

## 입술

1

입술에는 삶과 죽음, 윤회가 있다. 언어 자체가 피고 지는 존재의 꽃이다. 입술이 잠시 붙었다 떨어져야 언어가 피듯, 만나고 떨어지며 우리는 산다. 존재가 그렇다. 계절이 돌고 꽃이 지고 벼가 불타고 복숭아가 커지고 사람을 묻고 그렇게 멸하고 살고 죽고 만나고 만나지 못해도 기억으로 우리의 가슴은 환하다. 투명한 것으로 당신 앞에 다가서고 싶었다.

입술: 가장 투명하고 연약한 부위. 인간의 미농지. 사랑의 창호지. 우리는 입을 맞추며 서로의 농담濃淡을 느끼고 수묵화가 된다. 가장 얇고 다치기 쉬운 부위를 맞대어 사랑을 표한다는 놀라운 사실. 사랑할 때 언어는 늘 물러선다. 말하지 말 것. 말을 넘을 것. 서로 닿을 것. 눈을 감고 빛나는 미래를 볼 것.

말을 할 때 입술은 간절히 벌어진다.

언어는 균열 위에서 탄생한다.


시를 쓸 때 마음은 한껏 벌어진다.

연과 연 사이에는 지중해가 있다.


당도 높은 능금을 금방 가른 것처럼

스스로를 찢고 꽃이 피는 것처럼


나의 가장 얇은 자리를 당신께 줄게요.

유리보다 부드러운 창을 줄게요.


우리는 심장이나 내면을 꺼내 보일 수 없어서, 안이 다 비치는

입술을 섞은 것이다.


2

한평생 부처의 곁을 지키며 모셨던 제자 아난다가 엎어져서 통

곡했을 때 아난다의 입술은 너무 붉었던 것이다. 부처는 완전히

망가진 육체로 입술을 열고 아난다를 바라보며 이렇게 말했다.

"아무리 사랑하고 마음에 맞는 사람일지라도 마침내는 달라지는 상태, 별리의 상태, 변화의 상태가 찾아오는 것이다. 그것을 어찌 피할 수 있겠느냐. 아난다야, 태어나고 만들어지고 무너져가는 것, 그 무너져가는 것에 대해 아무리 '무너지지 말라'고 만류해도, 그것은 순리에 맞지 않는 것이니라."(『대반열반경』 중에서)

한국어 체계에서, 명령문이나 청유문은 다음과 같은 문법적 특징을 지니고 있다. 첫째 형용사로 이루어진 문장에는 쓸 수 없다. 예를 들면 '노랗거라, 파래지거라, 추워지세요'와 같이 상태를 나타내는 형용사에는 쓸 수 없다. 또한 듣는 이가 수행할 수 있거나(가능), 수행하기를 바라는 것(소망)을 요청해야 한다. 이를테면 '당신은 불편하지 마세요'라든가 '당신은 미치세요'와 같은 문장은 문법적으로 비문에 해당한다.

그러나 언젠가 나는 얄팍해진 입술을 열고 당신 발목을 보며 이렇게 말한 적이 있다. 죽지 마세요. 죽지 말고 살아주셔요. 조금만 더 곁에서 살아주세요.

또 지극히 사랑했던 밝은 사람이 나를 향해 담담하게 이별을

고할 때 나는 아무 말도 못한 채 손목만 보며 아프지 말라고 푸르라고 빛나라 했다.

　그렇게 우리는 기어코 문법을 뚫고서라도 말하고 싶은 것들이 가슴에 있다. 법法을 찢고 순리를 거슬러 입술을 열고 투명하게 말하고 싶은 마음이 있다. 바로 거기 사랑이, 궁극이 있다. 횡단이 있다. 꿈이 있다. 시심이 있다. 그러니 나는 울면서도 말해야 했다. 하나였던 입술을 반으로 찢어서 나비처럼 온몸으로 말하고 말했다. 죽지 마세요. 가지 마세요. 아프지 마세요. 한 일 년만 더 곁에서 살아주세요.

### 자개농

　썩지 않는 노루와 숲이 빛나고 있다. 그 숲을 열면 무더기로 침구가 있다. 사랑하는 사람의 체취, 남해의 밤바다, 멀리서 불던 희미한 갯벌 냄새 같은 거. 물질하던 할매의 뒷모습이 있고 먹다 남긴 양갱이 빛나고 있고 이모들 사진이 깔깔깔 겹쳐져 있다. 그 중엔 개에게 물려서 보내야 했다던 아기 이모의 동그란 얼굴도 있다. 전쟁이 있고 불길이 있고 흙길이 있다. 주소와 계좌와 묘지기의 이름이 있고 안약과 농약이 나란히 기대어 있다. 노인 대학 졸업장이 숨겨져 있다. 삐뚤게 쓴 시가 곱게 숨겨져 있고 체구가 다른 옷들이 포개져 있다. 멋지게 수의도 한 벌 장만해두었네. 가장 깊은 구석엔 작은 손거울 하나와 우리 엄마 가게 번호가 펼쳐져 있었다.

## 장독

엄마가 장독에 관한 글을 써달라고 했다. 엄마, 나는 장독에 대해 아는 게 없어. 그러자 엄마가 말했다. 시인이 그것도 못하냐. 장독은 기다림. 곧장 기다림이잖아. 썩은 것들이 가슴에 한가득이어도 겉으로는 조용히 윤만 나는 것. 기다림은 그런 거 아냐? 떠나지 않고 차라리 그 자리에서 깨져버리는 것. 그 정도는 되어야 장醬을 품을 수 있지. 그 정도는 되어야 기를 수 있지.

재

　가래를 변기에 자주 뱉고는 했다. 곰탕을 끓이면 삼 일을 연거
푸 끓였다. 콩나물이 자라면 한 움큼 질끈 묶어서 솥에 넣고 쌀밥
과 함께 쪄냈다. 그렇게 축축한 콩나물밥을 간장에 비벼 먹고는
차게 식힌 보리차를 마셨다. 전국노래자랑을 종일 틀어두었다.
마루에 요와 베개를 펼쳐두었다. 자개농을 열면 어린 이모들 사
진이 눈사태처럼 우르르 쏟아졌다. 가끔 혼자 그걸 보며 앉아 있
었다. 손끝으로 사진을 쓸고 있었다. 개중엔 죽은 이모의 얼굴도
있었다. 금 간 몸으로 서 있던 사랑의 기둥. 금 간 마음으로 서 있
던 얼굴의 온도. 전소되어 허물어진 걸 재라고 하고 타다가 식어
형체가 남은 걸 숯이라 한다. 그럼 당신은 재였나 숯이었던가. 내
이름의 끝엔 왜 '재'가 있는지.

## 5부

조끼는 뚫린 채로

사랑을 해낸다

1

나는 어렸을 때 집이 폭삭 망해버려서 외할머니의 손에서 크게 되었는데, 지금에 와서 생각해보면 그 시간이 너무 소중해서 감사하게 느껴진다. 세대와 세대를 건너서 손을 탄다는 것. 노인의 리듬으로 아이가 살아간다는 것. 그건 산책하는 박자라든가 떡을 씹는 속도 같은 것. 그 속도로 나는 요즘 시를 쓴다. 그러니 내 시 속엔 당연히 당신이 있다. 나에게 리듬은 노인의 춤이고 노인의 왈츠다. 노인이 지은 콩나물밥의 풋풋한 냄새다. 맑은 날 조용히 앉아서 생각하면 어떤 놀라움을 느끼게 된다. 이렇게 머나먼 세대가 함께 거주했다니. 어쩌면 그게 기적이었던 것은 아닐까.

일제강점기에 태어난 몸이 아주 느리게
전두환 정권에 태어난 아이의 입을 순면으로 닦아준다.

생각해보면 참으로 이상하고 아름다운 일이다. 사람이 사람을 키우고 손으로 쓰다듬는 게 타임머신보다 놀랍게 느껴질 때가 있다. 일제강점기에 태어난 손가락이 길게 자라서 만화를 보는 아이의 머리를 쓰다듬는다. 그 접촉은 시차니 역사니 하는 무거운 말은 젖혀둔 채로 지나간 시간이 현재를 사랑하는 일.

아주 단순하게 우리가 얼굴을 마주하는 것.
그 놀라운 우연, 아침, 생의 질서들.

(그래서 이건 좀 괘씸한 생각일 수도 있지만) 그때 그렇게 집이 폭삭 망해버린 게 다행스럽다는 생각도 든다. 사랑의 막차에 올라탄 기분이랄까. 한 존재의 불이 완전히 꺼지기 직전에 간신히 사랑을 마음껏 쬘 수 있었으니까. 아무튼 나는 지금도 할머니가 깎아준 배의 서늘한 맛과 보랏빛 포도, 손에 쥐여준 작은 꿀떡들, 강된장과 비빔밥, 곰탕과 단술(경상도식 식혜), 그 모든 사랑의 양태를 기억한다.

2

우리 할머니의 이름은 '전분'이다. 지금도 가끔 엄마랑 가게에서 튀김옷을 묻히다가 (더 바삭한 맛을 위해서는 전분을!) 우리끼리 생각나서 깔깔 웃는다. 어떻게 이름이 전분이냐. 너무한 거 아니냐. 고구마전분. 옥수수전분. 아니, 아무리 그래도 사람 이름을 어떻게 전분으로 짓냐. 우리 할머니는 몸이 자주 아팠는데 이런 말을 하면서 푸념하고는 했다. "아이구 야야, 내가 이름이 전분 아이가. 이름에 '가루 분粉'자가 들어가니까. 온몸이 이렇게 가루 빠숫는 것처럼 아픈 거 아이가." 그 말을 듣고 우리는 자주 웃곤 했는데 요즘은 엄마랑 마트에 갔다가 전분 코너에서 눈이 빨개지기도 한다. 전분씨의 남편도 이름이 만만치는 않다. 외할아버지의 이름은 박옥모. 전분씨와 박옥모씨. 옥모씨와 전분씨. '옥모전분' 붙여서 자꾸 말하다보면 무슨 유서 깊은 냉면집 이름 같지 않냐고.

　그렇게 세상에 더는 없는 사람을 말하며
　그게 증언인지도 모른 채 우리는 살아간다.


3
　내가 지닌 가장 아름다운 기억 중 하나는 어슴푸레한 새벽에 전분씨와 옥모씨가 두런두런 나누던 말소리. 고3 때였을 것이다. 새벽에 방문을 열려다가 두 사람이 여전히 깨어 있어서 놀랐다. 가는귀가 먹었지만 두 사람은 나란히 거실에 누워 새벽이 깊도록 이런저런 이야기를 하고 있었다. 그때 끼어들지 않고 물러서서 문을 닫은 게 내가 했던 일들 중 참으로 잘한 일. 그때 그 이후로 시간이 흘러 할아버지가 먼저 세상을 떠났다.

갑자기 할머니 이야기를 왜 하게 됐을까.
사실 얼마 전,
죽은 사람으로부터 놀라운 방문을 받았다.


엄마랑 장을 보러 시장에 가다가 이모가 준 백에서 할머니의 주민등록증이 나왔다. 나는 무척 놀라기도 했고 기분이 이상했는데 약간의 어지러움까지 살짝 느꼈다. 아마도 '사람'은 없고 '신원'을 증명하는 '물질'만이 덩그러니 남아서 그랬던 것 같다. 내가 사랑했던 사람이 유적지로 들어가버린 것처럼 아득하고 멍하고 헛헛한 느낌. 사진 속 할머니는 젊어 보였다. 일제강점기에 태어난 사람이 열심히 살아서 지금까지 존재할 것처럼 평정했다. 그렇게 할머니의 얼굴은 말이 없었고 우리는 엄지로 얼굴을 쓸어보았다. 왜 얼굴은 물결처럼 평화로운가. 왜 사람은 강물처럼 흘어지는가. 엄마가 할머니의 민낯을 보더니 "엄마 얼굴 오랜만이네"라고 했다. "나한테는 이 얼굴이 우리 엄마야"라고. 이번에도 나는 끼어들지 않았다. 나도 많이 사랑하고 보고 싶지만, 오늘의 바람은 온전히 엄마에게 부는 것이니까. 오랜만에 찾아와줘서 고마웠어요. 언제나 애틋했던 전분씨. 늘그막에 나를 키운 사람의 이름. 물을 먹으면 끈적해지는 여름의 전분씨. 당신 딸은 여전히 착하고 아름답고요. 늙을수록 당신을 닮아갑니다.

## 점

목덜미에 점이 없다면 귀신이라는 말을 들었다. 그때부터 나의 하루는 길어진 것이다. 왜 할머니 목에는 점이 없지? 일주일 동안 어린이는 할머니 곁에서 목을 훔쳐보다가 포기했다. 그후 혼자 결심했다. 사랑한다면, 사랑할 힘이 여전히 남아 있다면, 귀신이든 산 사람이든 상관없다고 내가 곁을 반드시 지킬 거라고. 그뒤로 십 년, 당신은 용감히 살았다. 산나물에 고추장을 슥슥 비비며 그러다 가끔 "내가 얼른 죽어야"라고 말할 때 마주앉은 엄마는 불같이 화를 냈다. "엄마, 그런 말 좀 쉽게 하지 마. 그런 말 하니까 신장도 고장나고 아픈 거잖아." 그러던 어느 날 할머니 등을 긁어주다가 목과 어깨 사이에서 점을 찾았다. 더 오래 함께 살아갈 수 있겠다. 꼭 그렇게 마음을 놓을 때 사랑은 떠난다. 우리의 가슴에 존재를 콕콕 박아놓고서.

## 젖소

완벽한 무채색으로 이루어진 존재. 덩치가 크고 마음은 순한 음메의 존재. 음메와 엄마 사이의 유쾌한 친연성. 커다란 눈으로 목장을 충분히 담아내는 존재. 얼룩의 무늬가 구름에 비견될 듯 그런 존재. 풀을 좋아하고 넓은 땅을 사랑하는데 이름을 잃고 부위로 찢기는 가공加工의 존재. 기능과 효율로 삶과 마음이 뭉개진 존재.

우유를 마시면 심하게 설사를 했다. 어렸을 땐 이게 참 싫었는데 언제부턴가 이 점이 마음에 든다. 이제 나는 우유를 거의 마시지 않지만 여전히 그들이 고맙고 가슴 아프다. '소고기는 사랑'이 아니라 '소가 사랑'. 사람보다 사람을 더 많이 살려내었고 사람보다 순정하게 논을 일궜다.

호주에 살 때 가장 사랑했던 풍경은 차를 타고 두 시간을 달려도 초록이란 거. 목초지의 목초지의 목초지가 펼쳐졌는데 너무 파란 초록으로 눈이 시려왔는데 그 푸른 융단에 콕콕 박힌 젖소들, 흰빛과 검은빛이 자유로울 때.

너희들의 얼룩으로 지도를 그리면 어떤 대륙이 천천히 드러날까. 아마 매우 둥글고 유려한 지도가 될 거야. 그렇게 부드러운 지형은 아마 본 적 없을걸. 어떻게 뿔을 달고도 그런 무늬를. 아마 너희들의 성정이 그걸 가능하게 할 거야.

우유는 무거운 액체. 눈물의 액체.
우유는 육중하고 두텁게 흐르고 살리고.

소처럼 우는 사람들이 있다. 그것은 개나 새나 쥐와 달리 소리가 무겁고 뒷모습은 봉분과도 닮아 있다. 한밤중에 할머니 집에 전화가 왔다. 네 아이는 걱정 마라. 잘 챙겨 먹이마. 내가 꼭, 반드시, 잘, 키워낼 거다. 수화기 너머로 엄마의 목소리가 들려왔는데 전화를 끊고 할머니가 소처럼 울었다.

## 조끼

한때 나를 키워준 비구니는 한여름에도 털모자를 쓰고 목도리를 둘렀다. 완전히 창백해진 사랑의 얼굴. 뼈마디가 비치는 손가락. 삼십 킬로그램 남짓한 앙상한 몸으로 나 온다고 걸어나온 젊은 비구니. 팔월인데 승복 안에 스웨터 조끼를 입은 채 그는 단아하게 나를 보며 웃어 보였다. 그리고 그것이 오랜만에 만난 모습이라면 가슴 위에 모루를 얹는 순간이 되지.

눈두덩이 우선 붉게 달아오르고 내 앞에는 사랑이 앉아 있고 그렇게 한 시절, 순하게 나를 키워낸 비구니가 나를 보며 작게 말한다. 애야, 섬진강처럼 맑아졌구나. 만날 날이 자꾸만 기다려져서 나도 모르게 법당 앞을 서성거렸어. 그렇게 눈앞에 궁극窮極이 앉아 있을 때 한여름 추위에 떨고 있을 때 몸이라는 옷 하나를 남겨둔 그는 그것마저 벗어버릴 것만 같았다. 그래서 나는 빌었다. 떠나지 말라고, 곁에서 조금만 더 살아달라고. 그러자 그는 물끄러미 나를 보면서 아주 단단하고 부드럽게 말했다.


모든 고통과 추위와 어둠과 슬픔과 아픔을
미워하지 않고 살아내는 기쁨이 있단다.


조끼는 그렇게 심장부를 감싼다.
왼팔 오른팔 거두절미하고서.


조끼는 뚫린 채로 사랑을 해낸다.
구멍난 채로 사랑을 통과시킨다.


구구절절한 형식과 장식은 모두 거두고 가장 소중한 것을 데우기 위해 만들어진 의복. 최소의 말. 최소의 눈빛. 감싼다는 말. 지켜야 할 것을 최선을 다해 지켜냈었던 비구니가 떠나고 나는 홀로 걷는다. 그러나 나는 혼자가 아닌 것 같다. 나의 등과 어깨를 감싸는 어떤 손길들. 그러니 더 많이 보고 걷고 화창하리라. 나는 그렇게 시간의 그물에 감싸인 채로 흰 눈이 올 땐 조끼를 꺼내 입는다. 그만큼 하고 싶은 이야기들이 흉부에 있다.

## 지방 紙榜

제삿날이면 할아버지가 정갈한 자세로 붓을 들고 이름을 쓰는 걸 봤다. 누구 이름이에요? 너희 증조할아버지랑 증조할머니. 그게 누구예요? 할아버지의 어머니 아버지. 그렇게 지방 위에 떠난 사람들의 이름을 쓰고 엄지로 밥풀을 이겨서 뒷면에 발랐다. 초를 켜면 제사가 시작되었다. 향을 피우고 청주를 따르고 침묵한 채로 모든 사람이 둥글게 엎드리는 때 나는 그 모습이 안개 낀 소나무 숲 같아서 절을 하면서도 고개를 들어 훔쳐보았다.

참 이상하지. 죽은 사람의 상 앞에 모여서
닮은 사람들이 이마를 대고 웅크리는 게.

제사가 끝날 때쯤 할아버지는 지방을 떼서 촛불 위에 슬며시 갖다 대었다. 그러면 지방은 순식간에 불이 되었고 할아버지는 그 불을 공중으로 띄웠다. 이때부터 놀라운 장면이 시작되었다.

할아버지는 우아하게 팔을 벌렸고 양손의 손바닥을 오목하게 구부려 불꽃을 번갈아 옮겼다. 서커스처럼 왼손 오른손을 곡예사처럼 썼다. 사륵사륵 종이 타는 소리가 들리고 그 빛이 깐 귤처럼 아름다워서 나는 입을 벌리고 바라보았다. 제사가 끝나고 돌아오는 길, 창밖을 보며 오래도록 생각했다. 도대체 어떻게 할아버지는 불을 옮기지? 그 뜨거운 걸 어떻게 맨손으로 만지지? 그후로 수십 년, 시간을 건너 나는 불현듯 그날의 물음에 답하게 된다.

한밤중에 잠든 엄마의 얼굴을 보다가 단번에 대답을 하게 된 것이다. 그래, 엄마의 이름이라면 쥘 수가 있지. 펄펄 끓는 솥이라도 쥘 수 있지. 어떤 이름은 앞에다 '고故'를 붙여도 결단코 과거가 되지는 않는 거라고. 엄마는 영원히 현재지. 내 안에 살지. 내가 죽어야 엄마도 과거가 되지. 어쩌면 할아버지도 그랬던 게 아닐까. 당신의 엄마고 당신을 키운 사람이니까 뜨거운 걸 당연하게 쥐게 된 건 아닐까. 종이는 배꼽을 향해 말리며 탄다. 종이는 근원을 향해 타들어간다. 그렇게 종이는 뭔가를 지키려는 형태로, 안쪽으로 구부러지며 타들어간다.

## 지우개 가루

살던 집 변기가 아주 꽉꽉 막혔다. 아슬아슬 변기가 차오르기 시작했다. 어린 내가 발을 동동 구르며 화장실을 보고 있는데 바로 그때 할머니가 손을 걷어붙이고 긴 호스를 변기 속에 콱콱 쑤셨다. 말 그대로 콱콱, 정말 싸움닭처럼 콱콱, 콱콱. 순식간에 변기가 뚫렸다. 이런 얄궂은 건 내가 할게. 이런 건 내가 다 할 테니 너는 편한 마음으로 이 집에 붙어살아라. 빚도 밥도 청소도 빨래도 걱정 말아라. 이런 건 내가 알아서 다 해줄 거니까 대신 너는 수학 문제를 열심히 풀어라. 그게 네 엄마, 살리는 유일한 길이다.

## 천사

우리가 포옹을 시작하게 된 건 새하얀 날개를, 천사를 경험한 이후부터였다고 말해도 될까. 너무 아름다워 온몸으로 가두고 싶은 것. 심장과 심장을 최대한 가까이 두는 것. 우리는 이를 '부드러운 속박'이라고 한다. 양팔로 당신을 꼭 끌어안았다. 깡마른 날개 뼈가 손목에 닿을 때 나는 당신이 이대로 날아갈까봐 곁에 남아달라고 귓속말했다. 병실에서 당신은 끄덕거렸다. 천사들은 언제나 그런 식이다. 최선을 다해 날개를 집어넣으며 그들은 우리 품에 안긴 그대로 자신이 떠나고 남겨질 우리의 뒤편을 본다.

## 춘장

중국집에 가서 짜장면을 시켰다. 새하얀 양파를 춘장에 찍다가 이 장면을 책에 써야지 생각했다. 그러나 아름다움은 언제나 예상할 수 없는 곳에서 불쑥, 무릎처럼 튀어나온다. 이를테면 춘장의 춘 자는 봄 춘春이란 것. 자세히 보면 춘장은 빛나고 있다는 것.

## 치약

치약은 육안으로 확인할 수 없을 만큼의 미세한 이산화규소 알갱이로 이루어져 있다고 한다. 그러니까 아주 작은 수정들이 치아를 스치며 반들반들 연마되는 것이다. 이런 이야기를 듣고 나면 말을 귀하게 하고 싶다. 입을 열 때마다 수정 동굴이 슬쩍 비치듯 반짝이는 것들만 말하고 싶다.

## 침

 우리 엄마의 취미는 귀 파주기였다. 내가 유치원에 다닐 때쯤 엄마는 귀이개를 들고 "재야- 재야- 귀 파자-" 부르곤 했다. 어찌나 귀 파주는 걸 좋아했는지, 엄마는 볕이 잘 드는 시간이 오면 창가에 앉아서 귀이개를 꺼내두었다. 그렇게 엄마가 부르면 나는 쪼르르 달려가서 엄마의 흰 허벅지에 머리를 누인 채 양쪽 눈을 지그시 눌러 감고서 새까만 귓속의 굴을 상상하고는 했다. 그러다 엄마가 귓속에 귀지를 떨어뜨리면

 별 같은 게 바스러지는 소리가 났다.

 실은 그 소리도 상당히 좋아하는 편이어서 나는 꺄르르 웃거나 별똥별이 떨어졌다고 엄마에게 말했다. 심약한 것이 심약한 것을 사랑하던 때. 병아리를 쥔 것처럼 두렵고 약할 때. 첫아이인 나는 무척 병약했고 엄마는 매일 응급실로 달려야 했다. 그리고 보면

그때의 엄마는 얼마나 젊었나. 볼이 말캉한 아이를 등에 업은 채 불에 덴 것처럼 언덕을 힘껏 달리며 젊은 여자는 사랑을 말하고 말했다. 그때, 나는 한순간도 죽을 수 없었지. 혀가 녹을 듯 아파도 살아야 했지. 불 켜야 했지. 숨쉬어야 했지. 눈을 떴었지. 땀에 흠뻑 젖은 등에 업힌 채 언덕길이 휙휙 쓰러지는 걸 봤지.

그렇게 볕이 과한 대명동大明洞의 양옥집에서 엄마는 세공하듯 내 귓속을 봤다. 가끔 이유 없이 내 볼을 쥐어뜯거나 귓바퀴를 날개처럼 주욱 당기기도 했다. 그렇게 해도 나는 순하게 기다리는 편이었다. 가만히 누워서 손바닥을 펼치고 있으면 엄마가 귀지를 꺼내서 톡톡 놓아주었다. 그 놀라움. 가벼움. 눈송이 같은 것. 이렇게 작고 귀한 게 내 속에 있다니.

사람의 귀에서 금이 쏙쏙 나온다는 게
귓속말을 하는 이유를 알 것 같았다.

금쪽이라 불리는 것들의 앙증맞은 규모. 어떤 칭찬을 들어야 귀에 이런 게 쌓일까. 귓속에 개나리가 자라는 걸까. 세상은 밝고 장판은 누렇고 엄마는 선하고 나는 오르락내리락 고르게 숨을 쉬면서 햇빛이 닿는 손등을 가만히 보았다. 잔털들이 금빛으로 물들고 있었다. 생각해보면 구십년대의 집들은 볕이 과했다. 너무 맑고 투명한 빛이 얼굴로 쏟아져 엄마도 나도 낮이면 자꾸 동그래졌다. 과해서 사랑할 수밖에 없는 순간들. 이런 순한 성정이 우리를 지켜주겠지. 어린 나는 머리를 누인 채 가만히 누워서 파초가 흔들리는 걸 지켜보다가 숨을 색색 쉬다가 동요를 흥얼대다가 맑은 침을 흘리며 잠이 들었다.

## 커피

1

어렸을 때 나에게 가장 강력한 금기는 커피라는 매혹적인 분말의 세계였다. 그것은 씨앗의 탄내로 이루어진 세계라는데 내가 본 건 대부분 흙알갱이(믹스 분말)였다. 애들은 이런 거 먹는 거 아냐. 왜요. 왜요. 이거 먹으면 아파요? 그건 아니지만 먹으면 심장이 뛰어. 왜요. 왜요. 심장이 뛰면 좋지 않나요. 이걸 먹으면 밤에 잠이 오지 않는단다. 왜요. 왜요. 잠 못 들면 좋지 않나요. 계속해서 생각하면 되잖아요. 우리는 가끔, 자신이 하고 있는 말들이 사랑인 줄 모른 채로 떠들곤 했다.

그맘때 인스턴트커피의 세계에는 아직까지 취향과 기호의 영역이 남아 있었다. 그때의 커피는 지금의 믹스커피처럼 '한 봉'으로 표준화되지 않아서 사람들은 저마다 다른 농도와 수위로 커피를 마시곤 했다. (네가 탄 커피는 한강이라든가. 너는 커피가 아니라 찌개를 만드냐는 식의 타박이 가능했었다.) 그래서 손님이 오면 '어떻게 타줄까?' 하고 묻는 게 당시에는 자연스럽고 흔한 질문이었다. (이를테면 어, 나는 커피 세 스푼, 프리마 두 스푼, 설탕은 듬뿍!)

그러다 특정한 사람이 점점 가까워지면 우리는 묻지 않고도 '그 사람의 커피'를 탈 수 있었다. 머릿속에서 한 사람의 기호가 선명해질 때, 그 사람의 취향이 계량 가능해질 때, 그 기억을 토대로 익숙한 한잔을 만들어 따뜻한 물체를 건네곤 했다. (물론 커피를 만들던 사람이 대부분 여성이었다는 끔찍한 현실적 맥락도 놓쳐선 안 된다) 어렸을 때 어른들이 '묻지도 않고' 그 사람만을 위한 무언가를 만드는 게 멋있어 보였다. 당시의 어른들은 그런 식으로 말없이 사랑을 주고받았다. 엄마는 이모들에게 자주 그렇게 했다.

2

나는 늘 흙빛의 커피가 궁금했다. 저걸 왜 마시는 걸까. 이 신기한 향기는 뭘까. 당시 커피만큼 이국적인 향을 가진 건 일상 속에서 그렇게 흔하지 않았다. 그맘때 향으로 내가 가장 멀리 갈 수 있는 건, 화교가 운영하는 만두집에서 주는 자스민 차. 한겨울 만두를 주문하고 그걸 먹으면 배 속에서 아시아가 번지는 것 같았다. 말로 표현하긴 참 어렵지만 동방박사의 주머니 속에나 있을 법한, 멀리서 온 것이 분명한 향기. 그런데 커피는 그 향보다 더 멀리서 왔다는 걸 직감적으로 알 수 있었다. 저걸 마시면 나는 더 멀리 가겠지.

그렇다보니 나는 늘 커피를 맛보게 해달라고 어른들에게 조르곤 했다. 그런데 엄마는 장난이 워낙 심한 사람이어서 프림도 설탕도 타지 않은 채로 커피를 건넸다. 그래서 커피에 관한 내 최초의 미각적 기억은 말 그대로 '밤의 맛' '캄캄한 재의 맛'. 어른들이 먹지 말라는 것에는 이유가 있구나. 그런데 어른들은 왜 이런 걸 먹는 걸까. 어른들은 왜 열탕을 시원하다고 하고, 쓴 걸 삼키고, 왜 초록색을 푸르다고 할까. (어렸을 때 나는 파랑이라는 색깔을 어른들이 구별 못하는 줄 알고 속으로 많이 놀라곤 했다. 파란 불이네 건너자!라는 말을 듣고 나는 어른들을 배려해서 모른 척했다. 저건 초록불인데. 엄마 아빠는 초록을 잘 못 보는구나. 그래서 초록은 나의 여린 싹과 배려심. 숲을 보면 지금도 이유를 모른 채 자애로워지는 기분이다.)

3

어른들은 콩을 왜 불에 구워요?
슬플 땐 어른들도 어쩔 줄 몰라서.


그럼 왜 그 콩에 물을 다시 주는 거예요?
나무가 다시 자라길 기다리는 거야.


펄펄 끓는 물을 당신 묘에 부으면
기적처럼 일어날 수 있진 않을까.


보온병에서 뜨거운 물을 부으며
한차례 생각했던 기억이 있다.


뜨거운 물로 휘휘 믹스커피를 탔다.
달콤한 사랑. 멀리, 떠나는 기분.


열매는 찬란한 빛의 기억이라서
그걸 마시고 나면 당연히 잠들 수 없지.

## 콘크리트

TV에 나온 전문가는 이렇게 말했다. 이건 정말이지 신이 내린 기적입니다. 어떻게 수많은 물질 중에서 철근과 콘크리트의 열팽창계수가 일치할까요. 똑같이 부풀고 똑같이 줄어들기 때문에 여름에도 겨울에도 건물은 서 있습니다. 강철과 콘크리트는 숨소리가 같구나. 살과 뼈는 나란히 기적이구나. 초등학교 때 친구는 한 명도 없었다. 동생을 돌봐야 했기 때문이다. 학교를 마치자마자 강을 건너서 집으로 오면 동생이 혼자서 놀고 있었다. 굶주린 채 형 왔다고 기분 좋다고 헤벌쭉 민들레처럼 웃었다. 그래서 나의 어린 시절은 옆구리에 있다. 옆구리에 붙어 있던 여섯 살짜리의 몸. 그애의 숨소리를 나란히 들으며 나는 꽃을 꺾거나 호박을 만지거나 들판을 뛰거나 학교에서 배운 동요를 불렀다. 그러던 어느 날 길에서 중학생 깡패들을 마주했는데 내가 뺨을 맞자 동생이 벼락처럼 울었다. 얼마나 큰소리로 울었는지, 그 소리에 놀란 중학생들이 달아났다. 그들이 멀리 사라지고도 너는 나를 보면서 한참을 울었다. 나는 울음을 겨우 참고 있었는데 네가 강아지풀을 꺾어서 내 뺨에 부빌 때, 참지 못하고 길에서 펑펑 울었다.

어느 부족은 집안의 어른이 눈을 감으면 백금이 흐르는 강물
에 시신을 씻긴다. 그것은 백금과는 무관하게 이루어지는 일. 꼼
꼼하게 몸을 닦는 맑은 눈의 일. 자손들은 조용히 등과 무릎을 닦
으며 시신의 귀에 귓속말을 하기도 한다. 지난겨울 함께 마신 곡
주의 흰빛. 불편했던 당신 말안장의 높낮이. 기억하나요? 우리의
종아리를 스치던 보리. 어린 개와 새순과 흙의 부드러운 감촉. 참
새의 혀가 얼마나 선명했는지. 옥수수가 힘차게 솟고 있어요. 당
신 항아리의 치즈는 내가 먹을 거예요. 귀에서 말로, 말에서 밀
로, 귓속말 위로, 백금 같은 이야기가 조용히 흐르고.

어른의 몸에서 강물이 다 마르고 나면 사람들은 날 선 칼로 가
죽을 벗긴다. 그 가죽으로 천막을 기우는 것이다. 찢어진 지붕을
잇고 구멍 뚫린 외벽에 늙은 사람의 뱃가죽을 꿰매 붙였다. 할머
니가 여전히 왼쪽 창가에 있다. 바람 불 땐 증조부가 화로를 감싸

리. 나의 등이 언젠가는 한없이 펼쳐져 떨어지는 우박을 막을 것이다. 사람과 사람이 계속해서 이어지는 집. 사람이 사람을 온몸으로 감싸주는 집. 말을 타고 한참을 달려도 보고 싶으면 아무도 모르게 손끝으로 천막을 쓴다. 그걸 모른 척해주는 것이 이곳의 우아優雅다. 쓸쓸할 땐 자꾸만 손으로 쓸게 되는 집. 비가 오면 모두가 함께 젖어드는 집.

"옛날 염라대왕의 저승사자가 최판관의 명을 받고 삼천갑자를 살
았다는 동방삭을 잡으려고 용인 땅에 왔으나 그의 형체를 알지 못
해 잡을 도리가 없었다. 이에 저승사자는 꾀를 내어 사람이 많이
왕래하는 숯내의 큰 길목에서 숯을 갈고 있었다. 어느 날 한 사람
이 지나가면서 이 모습을 보고 숯을 가는 까닭을 묻자 '이 검은 숯
을 희게 하기 위해서 갈고 있다'라고 응답하자 껄껄 웃으면서 하는
말이 내가 삼천갑자를 살았어도 물에다 숯을 하얘지라고 가는 사
람은 처음 보겠다고 하였다. 이에 저승사자가 그 사람을 동방삭으
로 알고 잡아갈 수 있었다고 한다. 이로 말미암아 저승사자가 숯을
갈던 곳이라는 의미에서 '탄천'이라 했다는 것이다"

— 성남시청, 「탄천의 유래」 중에서


　나는 이 설화의 '숯'을 '슬픔'으로 고쳐 읽는다. 그러면 동방삭을
죽음에 이르게 한 것이 무엇인지 알 수 있다.

"이 검은 슬픔을 희게 하기 위해서 갈고 있다"

(나는 슬픔을 강물에 계속 씻어낼 것이다.)


"내가 삼천갑자를 살았어도 물에다 슬픔을 하얘지라고 가는 사람은 처음 봤다"

(슬픔을 완전히 표백시킨다는 건, 삼천갑자를 살아도 불가능하다.)


삼천갑자를 씻어도 숯(슬픔)은 까맣다는 것. 삼천갑자를 흘려도 사랑은 지속되는 것. 어쩌면 홀로 불멸하는 삶이야말로 가장 끔찍한 형태의 지옥이 아닐까. 사랑하는 사람을 보내고 알게 되었다. 삼천갑자를 사는 것은 중요하지 않다. 중요한 것은 어떤 숯을 쥐고 있느냐, 어떤 열과 빛을 안고 살아가느냐. 삼천갑자를 살았다던 동방삭은 홀로 남아 참 많이 슬펐을 거다. 밀려오는 슬픔을 마주한 뒤에 저승사자의 손을 잡은 것은 아닌지. 삶은 홀로 이어가는 목숨이 아니다. 삶은 함께 이어가는 긴 강물이다. 삶은 숯을 귀하게 쥐는 일이다. 집 앞에는 금호강이 불타고 있다.

사랑했던 사람을 강에 뿌렸다. 아무리 재를 흘려도 강은 맑게 흐르고 그 강변을 걸으면 당신이 되살아난다. 얼굴에 검댕이 묻고 숯이 번진다. 그러나 이제 숯을 씻어내지는 않는다. 열과 빛을 간직한 채 살기로 했다. 서서히 땅거미 내리고 소리가 잠기고 저녁이 오면 강물에 숯이 풀리고 그렇게 모든 강물은 탄천이 되어 우리 속을 세차게 흐르고 있다.

## 편지지

　귀한 꿈을 꾸고 나면 쉽게 눈뜨지 않고, 조금 기다리는 편이다. 꿈이 아주 느리게 혈관 속으로 흐를 수 있도록 시간을 내어주는 편. 며칠 전 아주 맑은 꿈을 꾸었다. 꿨던 꿈은 사실상 한 장면에 가깝다.

　사방에 순면과 목화가 가득했었다. 한지와 흰 이불도 가득했는데 그곳에는 놀랍도록 투명한 빛이 떨어져 은은하게 사방이 빛나고 있었다. 자세히 보니 그 모든 질료는 흰 편지지였고, 나는 정신없이 편지지에 볼을 대었다. '와- 한지는 정말 따뜻하네요'라고 말하자 '나무로 만든 거니까'라는 답이 돌아왔는데, 그것이 누구의 목소리인지는 기억나지 않는다. 그저 볼에 닿는 온기가 종이의 것인지 내 것인지 모른 채 수천 장의 종이를 손으로 쓸었다.

　사랑했던 사람의 묘소에 가기로 했던 날이었다. 눈을 뜨고 누워서 이 꿈이 뭘까 생각하다가 그냥 마실, 이라고 혼자 중얼거렸다.

여백, 목화, 순면, 솜, 미농지, 화선지. 이런 말들은 사실상 유의어에 가깝다. 그들 각각은 전혀 다른 사물을 지칭하지만 우리 마음속에 있는 공통의 무언가를 지시한다. 더 구체적으로, 이들은 '살결의 이데아'다. 그러니까 우리는 얇은 종이를 통해 살을 통해 접촉을 통해 세계를 만난다. 이를테면 강보에 싸인 영아들처럼 우리에겐 부드러운 순면의 기억이 있다. 그렇게 우리는 환대의 기억을 몸에 지닌 채 안온한 세계 속으로 들어서는 것이다.

살과 살이 닿는 것처럼, 손을 감싸줄 때처럼,
깨끗한 셔츠에 팔을 집어넣을 때처럼.

글쓰기가 세계와의 만남(접촉)이라고 느껴지는 것은 바로 이 때문이다.
아마 많은 작가가 꿈꾸는 흰의 이미지는 다음과 같을 것이다.

아주 깨끗한 여백 위에 얇은 펜촉이 첫눈 밟듯 종이의 표면에 닿는다. 펜촉은 서서히 용기를 얻어가면서ー때로는 정신없이,

때로는 느리게, 무구하게—어딘가로 나아가기 시작한다. 그렇게 '본 적 없는 세계(마음)'가 '보이는 세계(물질로서의 종이)'로 한 순간 접촉하며 드러난다. 저 세계와 이 세계가 사각거린다. 부드러운 스침, 번짐, 발레리나의 발끝처럼 이야기가 꽃봉오리처럼 전개되고 필체에 따라 그것은 상흔에 가까운 글쓰기(니체)가 될 수도 있고, 아주 단정하고 나직하게 목소리를 얹는 (내게는 아주 부드럽고 고요한 소설가가 떠오른다) 글쓰기가 될 수도 있다. 모른 채로 태어나는 매번의 신생. 글쓰기는 흰 바닥에 피는 꽃이다.

가끔 닥나무로 종이를 만든다는 사실 자체가 환상적인 꿈처럼 여겨질 때가 있다. 어떤 목재의 수피를 벗기고 물에 불리고 다시금 그것을 끓이고 짓이겨 종이가 되는 것. 무언가를 보호하던 물질(수피)이 마음을 받아내는 살결(종이)로 되살아나는 것. 곤죽 위에 무언가를 기록한다는 것. 죽은 나무의 살에 시를 새긴다는 것. 이것은 얼마나 꿈같은 일인지. 이처럼 우아하고 슬픈 공정이 있을 수 있을까. 방앗간 댁 친구가 이렇게 말했다. 오래 부딪치고 뒤섞이고 들끓어야 해. 그래야만 순결한 떡이 나올 수 있어. 고생고생해서 겨우 나오는 거야. 그렇게 만든 떡이 기분 좋은 찰기를 지닌 채 우리의 앞니에 닿는 거야.

그나저나 내가 꾼 꿈은 무엇이었던 걸까. 나는 사랑했던 사람이 준 선물이라고 믿는다. 나의 글쓰기를 오래도록 응원해준 사람. 가진 것 없이도 오래도록 안아준 사람. 나와는 사는 세계가 달랐던 사람. 깡마른 사람. 예불의 존재. 새벽의 사람. 지금도 나를 지키는 사랑의 사람. 그 사람이 아주 순결한 편지지를 내밀었다고 마음껏 쓰라고 내어준 것이라고 믿는다.

용감하게 시를 쓰며 살기로 한다.
아주 예쁜 꿈을 선물받았으니까.

이 꿈을 꾸고 엄마랑 손은 잡은 채 당신이 있던 절에 다녀왔다.
우리 모두 말없이 그리워했고, 우리 모두 말없이 여백이 되었다.

언젠가 세계는 흰빛이 될지도 모른다.
바느질을 하다가 꾸벅꾸벅 조는 어느 아침,

눈을 뜨면 모든 것이 자작나무 숲보다
고요하고 희박해질지도 모른다.

너무 보고플 땐 눈이 온다. 올 것이 있다. 비와 눈은 오는 것. 기다리는 것. 꿈의 속성은 비와 눈처럼 녹는다는 것. 비와 눈과 사람은 사라지는 것. 그렇게 사라지며 강하게 남아 있는 것. 남아서 쓰는 것. 가슴을 쏟는 것. 열고 사는 것. 무력하지만 무력한 채로 향기로운 것. 그렇게 행과 행 사이를 날아가는 것.

## 풀

할머니는 여름이 오면 풀을 쑤었다. 찬밥이나 밀가루를 뭉근하게 끓여 스타킹에 넣고 꾹꾹 풀물을 짜냈다. "사람만 곡물을 먹고 사는 게 아니다. 천이나 옷도 먹어야 오래 살 수가 있다." 그러고는 낡은 옷을 푹푹 적셨다. 다리미로 풀 먹인 옷을 하나씩 펼치면 낡은 옷이 기적처럼 뻣뻣해졌다. 썼던 시가 마음에 꽉 차지 않을 때 내 정신이 흐물흐물 녹아내릴 때 그럴 때 나는 숭늉을 한 냄비 끓여서 먹는다. 배가 좀 데워지면 용기가 생긴다. 퇴고하는 법을 나는 그렇게 배웠다.

## 형광등

밤을 물리고 책을 열고 지칠 줄 모르고 사방을 소리 없이 밝혀 내는 것. 그게 펑, 하고 깨졌을 땐 흉기가 된다. 종량제 봉투를 들다가 손을 다쳤다. 너무 밝은 것들이 언제나 마음을 찌른다. 그럴 줄 알고도 우리는 한껏 밝혔다. 가끔 이상한 형광등을 보기도 했다. 불을 꺼도 희미한 빛이 껌벅거렸다. 그땐 떠난 이들이 잠시 들른 거라 믿었다.

## 횡단보도

가끔 신호등 없는 횡단보도를 건널 때 이상한 해방감을 느끼곤 한다. 이 새카만 길을 함부로 가로지를 수 있구나. 보호받는 기분 속에서 건널 수 있구나. 번개와 시는 언제나 가로지른다. 횡단한다. 살아 있는 건, 존재하는 건, 끔찍한 위험도 감수하면서 건너고 만다. 사랑도 개도 고양이도 길을 건넌다. 불안을 뚫고 우리는 가로지른다.

아빠. 아빠한테 있었다던 그 동생 말이야. 집 나간 이복동생 이름이 뭐야?

성희.

성희. 이름이 참 예쁘네.

착하고 차분한 아이였어.

많이 사랑했어?

깊이.

깊이 사랑했어.

어쩌다 한집에 살게 된 거야?

어느 날 아버지가 데리고 왔어. 겨울이었지. 한겨울. 새카만 겨울에 막내였던 내게 동생이 나타난 거야. 체구가 작고 순한 아이였어. 옷가방 하나만 들고 집에 왔지. 그애 손을 잡고 동네를 돌아다녔어. 사탕을 주면 활짝 웃는 그런 애였어. 마당에 나란히 앉아 있었지. 가끔은 엄마가 보고 싶다고 숨어서 우는 걸 보기도 했어. 지금도 그애 생각하면, 생각만 하면.

그랬구나.

그랬지. 집이 냉랭했었지.

그 아이. 많이 미움받았어?

......


참 혹독하고 가혹하고 무식한 시대.


아이에게.

여자에게.

마음들에게.


순식간에 시간이 멈춰버렸다. 숨을 쉬지 못할 만큼 가게가 조
용해졌다. 아빠는 한참을 굳어 있더니 갑자기


이야기를 멈춰주렴,


이라고 말했다. 멈춰주렴. 멈춰주렴. 이야기를. 죽음을. 일흔
이 된 아빠가 교복을 입고 있었다. 비를 흠뻑 맞은 채 멍든 몸으

로 동생을 찾아 밤새도록 골목을 달렸다.


홍수 속에서

태풍 속에서

사랑 속에서

내 동생 봤나요.

목덜미.

목덜미.

목청을 다해.


지금도 가끔, 아빠는 소리를 지르며 깬다. 대체로 캄캄한 새벽에. 성희야! 성희야! 맨 처음 엎드려 우는 아빠를 봤을 때 어린 나는 꽤나 큰 충격을 받았다. 성희가. 성희가. 강에 빠졌어. 입술이 파래. 성희가. 성희가. 춥대. 그렇게 사랑이 사람을 기어코 거꾸러뜨리는 걸, 어린 나는 두 눈으로 똑똑히 보았다. 엄마가 아빠의 등을 쓸어주었다. 불을 켜고 어둠을 몰고 손을 잡은 채 멈춰주렴. 멈춰주렴. 사랑의 한때를. 내 동생을 단 한 번만 되돌려주렴.

## 흰 티

잘 말린 흰 티에 머리를 집어넣을 때 정수리 쪽 머리칼이 섬유를 스친다. 바로 그때 '오늘은 정하게 살게 해줘요' 나직하게 속으로 말하는 것이다. 그렇게 잘 말린 옷가지 특유의 뻣뻣한 촉감이 코와 볼을 스치는 느낌이 좋다. 온 세상이 하얗게 보여서 좋다. 티셔츠 밖으로 머리를 빼내는 순간도 좋다. 그리하여 내 안에는 사랑이 끓고 솥에서는 밥물이 줄줄 흐르고. 오늘은 국화를 한 다발 사서 놓을까. 희고 아름다운 터널을 걷는 꿈을 꿨다고.